中国报告文学新四十年

主论何建明创作

苏宁 著

新世界出版社
NEW WORLD PRESS

图书在版编目（CIP）数据

中国报告文学新四十年：主论何建明创作 / 苏宁著
. -- 北京：新世界出版社，2018.6
ISBN 978-7-5104-6318-1

Ⅰ. ①中… Ⅱ. ①苏… Ⅲ. ①报告文学—文学研究—中国—当代 Ⅳ. ① I207.5

中国版本图书馆 CIP 数据核字 (2017) 第 114997 号

中国报告文学新四十年：主论何建明创作

作　　者：苏　宁
责任编辑：贾瑞娜
责任校对：宣　慧
责任印制：王宝根　苏爱玲
出版发行：新世界出版社
社　　址：北京西城区百万庄大街 24 号（100037）
发 行 部：（010）6899 5968　（010）6899 8705（传真）
总 编 室：（010）6899 5424　（010）6832 6679（传真）
http://www.nwp.cn
http://www.nwp.com.cn
版 权 部：+8610 6899 6306
版权部电子信箱：nwpcd@sina.com
印　　刷：北京京华虎彩印刷有限公司
经　　销：新华书店
开　　本：710mm × 1000mm　1/16
字　　数：180 千字　　印　　张：12
版　　次：2018 年 6 月第 1 版　2018 年 6 月第 1 次印刷
书　　号：ISBN 978-7-5104-6318-1
定　　价：39.00 元

版权所有，侵权必究
凡购本社图书，如有缺页、倒页、脱页等印装错误，可随时退换。
客服电话：（010）6899 8638

前　言

任何事情，一放进时代的空间背景，就会显得微小。文学本身于生存实无更大的用处，不是直接可用的米粮，也非能载人以大道的工具。现实世界中，很多所谓的文学作品中孜孜不倦地表达着的，大多是使人对人性发生失望的事件，背离于日常生活常识。这部分作品强调了各种异端或异象，关注人的身体、各类欲望，在身体诉求和物质欲望中寻求着故事的新鲜和复杂。仿佛这个时代和世界被“文学”潮流所能呈现的就仅仅是这些，只有这样才显得跟上了风尚。

这一时代中的人，可能因偶然赶上了无数具有时代感的事物，也曾主动或半推半就地被这个时代统领和召唤。个体生命被放置于各种开放空间，进入各类营销、传播渠道，被贴上各类标签，接受各方的眼光和思想审视。大多数作品也呈现出共同的特征，即政治、经济环境和社会生活交织于个体，总会产生相应的精神反射。

“文章合为时而著”。一个人，在社会中生活，他的内心世界总会和外部世界发生彼此的对应和关照，对一些事件或时代风云产生记录的意念和冲动，正所谓“心为意之所存”。从这一点看，报告文学是一个时代的发展史和思想史中必然产生的部分，而文学，也一直有对世事、时政介入的传统。

时代的迅速发展变化，使我们发觉，一些固有的文学理念、观念，甚至在当时被认为是真知灼见的观点，很多已与这些发展和变化不匹配。

从客观上看，近四十年的文学界对报告文学是存有一定微词的，其中诚然有些微词也有其依据。但公允地讲，回溯中国这三四十年的发展，当政体和民间对自身所处的时代进行思考、探索和剖析，当重要的历史事件的踪迹与端倪公之于众，这些始终离不开报告文学的努力。

因而，我想用本书来集中思考、探讨、审视近四十年中报告文学的存在现状。

关于本书题目在此做两点说明：

一是时间。1976年10月，于中国政治、经济、文学公认是一个有历史意义的转折点，“文化大革命”结束。1978年开始实行改革开放，中国开始焕发勃勃生机。1976年至2016年，恰四十年，故曰“新四十年”，顾名思义——新时期四十年。

二是在作品的选取分析上。本书用于探讨和分析的作品均为何建明一人的报告文学作品。此处说明如下：在这一年集中地对报告文学作品进行的梳理中，我看到作为当代中国报告文学领军人物的何建明创作的作品有四十余部之多，前后跨度达四十年，这恰与我所关注的时间阶段吻合。在何建明个人以时间为坐标的线段上延展不断出现的各类作品，使我们看到了中国近四十年许多无法绕过的人物与事件通过文学方式的呈现。这些作品是留给未来的一份记录，这种持续的记录是值得珍视的。我之所以在对作品做分析、审辨时选择了何建明一人的作品，一是受阅读视野和调研时间所限，难以完成对这四十年所有优秀作品的详尽梳理，难以从容客观和全面展开；二是何建明一人的四十年，对报告文学的四十年具有鲜明的代表性，虽以一人而洞全象，未免有妄想之嫌，但对他一人四十年的四十余部作品，如任其散落而不进行系统性分析，对当代中国文学史研究也是一种遗憾。

文学并无法则可言。人类的历史，贯穿着自然选择意识，因此充满了活跃感。我认为，文学亦然。

作为一代又一代人的心灵艺术，文学必会为一个又一个时代呈现见证，成为社会、自然、人类的记录载体。报告文学作为文学的一种，也许某一天，当你在翻找一些关于历史事件的资料而不知如何下手或从何处寻得详细时，它或可成为你寻找时代史的一个途径。

以今日之一隅回看三千年文学，以一己之喜恶论断，我还是喜欢能置小我于无限大我之中的、能见胸怀气量的作品。我个人的这些琐思，难免立论轻率或有偏颇，流为一己一时一地之思，但均来自我阅读之中的第一感受。

目　录

第一章　新四十年报告文学处境

1. 时代背景下没有置己于潮流之外的报告文学

在文学现实中，报告文学在很多时候，让很多文学场中的前辈、同仁不屑，甚至嫌弃。很多文学刊物也把报告文学划到可以发表的文学作品之外。在这个处境下，有几个问题引起我的思考：

（1）一些有鲜明品质与独特意义的作品、作家，为公众所认知、了解的渠道，是来自于媒体介绍，还是基于其作品本身？这些作品中存在的精神价值和史学意义，如何被理性地认识？近四十年来出现了很多报告文学作品、作家，何建明是一位在报告文学创作领域写作近四十年的作家，因而，本书选取他的部分重点作品为例，演绎新四十年报告文学现状。

（2）对中国当代报告文学研究，宜放在“一个时代有一个时代的文学”的语境中探讨，并将它放在这个时代的政治、经济、文化背景中，然后再去了解它通过作品而建立并稳定下来的文学特征部分。

也许报告文学总因其需要事件先行，不易于在文字中打上作家个人的烙印，从而使作家囿于事件本身，无法呈现另外更多可以延伸的特殊、特别的东西给读者感受。报告文学作品也因其对事件发生、经过的完整性的探索和追求，使技术的发挥空间受限。这个前提我以为是需要关注的。

（3）一个关于报告文学境地的现实，就是它常常被人忽略。在今年访学期间，我特别集中时间专心阅读了一批报告文学作品。这是在我过去的阅读中，在图书馆各书架之间穿行时，一直忽略的一个书架。报告文学作为被这个时代所召唤的文学，一直被多方诟病。但在现实中，我们所见的另一层面，却也有作家因这个时代召唤出发，其作品成为时代向前所必需的一种力量，在科技与政治之外，使文学的意义更丰富或复杂的一种现实。

也许报告文学的发展、演进、寻找行进方向之路的情形，就如同当年的戏曲、说唱文学于其当时时代所处境地，不被主流、正统文学中人所承认。

那么，我们是否也可以暂时放下一些杂音，不局限于一时，不局限于某一种认识，就文论文，把当代文学的周边情况也考虑进来，来谈论报告文学，这是我写本书的初心。我将努力使鉴赏和解读能到达作品更多层面，使新的问题、论说与新知形成。

在分析作品时，我以阅读时的感受作为第一要素，将这些感受如实地写下。论说者，首先应是一个读者。开阔的学术视野与理论素养是我不自信的部分。所以，这些文字，不是研究，也不是评论和追问，只是一本关于报告文学的读书报告。

在很多传统的认识里，文学一直应是一种能置己身于潮流之外的存在。但文学的现实是，它从来不是封闭的，而且它也不是如流水一样，有自洁能力。因而，它的边界在这个时代，总是无限地伸向远处，更复杂也更具诱惑。而报告文学，与这个时代的关系，细究其表里，是与这个时代同行的一种存在。

2. 来自通识印象和主观认识中的报告文学

了解通识印象和主观认识中的报告文学是一种什么样貌，有助于增加我们对它的理解，消除我们心里对它的轻视与芥蒂，客观确认它的价值——即便这个价值在其他文体中也能很容易地实现，如新闻价值与文学价值。

一些著名的评论前辈在他们对报告文学的研究和关注里，几乎都提到茅盾先生关于报告文学的解释：是散文的一种，介乎于新闻报道和小说之间。

这种说法被广泛认可，源于1789年法国资产阶级革命爆发，期间，一些德、俄、美籍进步作家所写的一批关于他们自身所亲历的战争现实和社会生活笔记。例如，美国记者J. 里德，写了关于十月革命的《震撼世界的十天》，这被当时与后世认为是长篇报告文学名著；高尔基创作了《列宁》。

在中国，部分资料显示19世纪晚期中国出现了报纸，散文和新闻结合，中国的报告文学开始孕育。冰心、瞿秋白、梁启超、鲁迅、柔石、谢冰莹都写过一些报告文学作品，一些研究专著中也可窥此端倪。回溯其渊源，也许会更远。

1932年，阿英选编《上海事变与报告文学》，一批被我们当下公认为名篇的作品有：

夏衍的《包身工》

萧乾的《流民图》

宋之的《1936年春在太原》

胡愈之的《莫斯科印象记》

林克多的《苏联见闻录》

戈公振的《东北到苏联》

邹韬奋的《萍踪寄语》和《萍踪忆语》

范长江的《中国的西北角》

……

这是一份还待挖掘的名单。

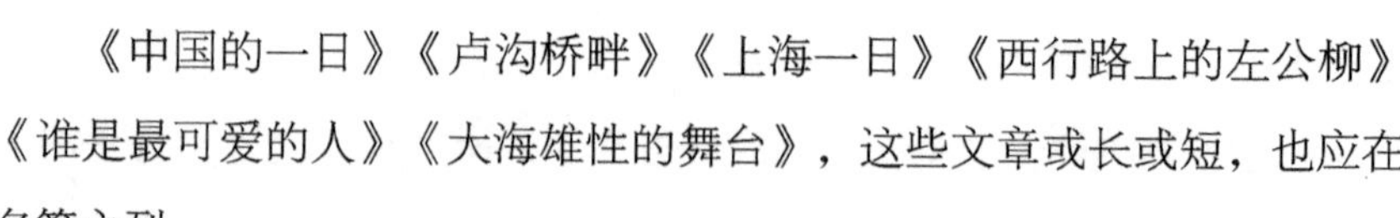

《中国的一日》《卢沟桥畔》《上海一日》《西行路上的左公柳》《谁是最可爱的人》《大海雄性的舞台》，这些文章或长或短，也应在名篇之列。

报告文学作品本身的庄重与严谨，它的“小众”与“功能性”引我深思。

第一个问题，我想探讨一下在当下，这种文体是否如某些偏见所认为的那样没有受众，是一种少有人读的文体。

对这一点，延伸出两个问题。一是如有人读，是什么人在阅读。这一点，我在这一年中，虽无正式设计调查问卷进行调查，但在各种场合，如参加读书会时，都在关注和以直接提问的方式进行了解。二是作家群体自身，对报告文学是如何认识的。从这一年我了解的情况来看，很多实体书店、阅读者、作家本身，对这一文体确有不正确、不公允的认识。这体现在：

（1）在书店，报告文学作品不易见到，即便见到，也是在角落里。我看到一部报告文学作品的命运，只有写的人和被写到的人在关注。2015 年 12 月，我特意去了一趟北京王府井书店。当时只找到了一个纪念建党和反法西斯图书专柜，专柜中有十种左右报告文学作品。

（2）在部分作家那里，对报告文学的认识也是不客观的、片面的和负面的。认为报告文学只是宣传软文、“广告”，不是文学作品。诚然，报告文学作品走向经典文学作品的路径相比其他文体是狭窄的，受纪实性要求的影响，报告文学中难以附加很多文学艺术元素。在和部分一流的作家交流沟通时，我发现，在他们宽泛的阅读视线内，对当代的一些报告文学作品也极少涉及。至于去写，他们也充满谨慎或曰“不屑”，认为写了它，会沾染“商业味”，是在破坏文学的纯洁。

从这两点看，报告文学的声名远跟不上它实际担负的使命。

为什么会出现这种状况？我想，和很多报告文学作品本身对“文学性”中的文字审美和文本的“可读性”“趣味性”要求降低有关——在越来越多的报告文学作品中，既看不到显示文字之美的文学性，又看不到能服众的对客观事实的忠诚记录。

也就是说，从很多报告文学作品中，看不到写作态度的严谨和解构事件的才情。

另外，很多报告文学的题材，也确实令人质疑它所站的立场：它是否有正确的道德观和价值取向；是否在作品中深刻地剖析了人性，阐述了社会变迁，展示了时代的人民生活，展现了个体自我心灵深处对自我行为和社会道德的坚守；是否用纯净之笔去书写和介入时代生活。

我欣赏《日本帝国的衰亡》前言的坦荡：

> 书中对话没有虚构，这些对话出自许许多多的谈话记录、档案材料、速记记录和当事人回忆。

报告文学既然是重要的文学体裁之一，为什么现在很多省级以上刊物鲜有它的位置？我们有优秀的报告文学作家，也不乏好的题材。那么，是否是因为作品不够优秀？这与部分报告文学作家本身并没有真正写出有力量、有品位的作品有关。国家、时代、民族和历史在发展、建设和变革中，一直在呼唤着文学尤其是报告文学的出现。

第二个问题，我们的社会发展和文学环境对报告文学有何种程度的需求，它本身存在的意义是什么？

这可能会涉及当社会所关注的重大事件发生时，是否所有文体都必须到场或第一时间到场的问题。

每一种文学体裁都有着自身的优势和局限。虽然生活中呈现的一切都可作为写作对象，但对于社会生活和涉及国家、民族命运等重大事件时，我以为兼有散文的文学性和新闻的纪实性的报告文学是最适合出现的。诗歌和小说也可以到场，但就像男人、女人各有不同一样，这些文

体是不必第一时间出现的，它们对现实的关照远无报告文学有力量。而现实情况却是，我们的社会环境和文学环境对报告文学的认识并不够，与它的文体特点不匹配。如以文学必须有的社会功能和责任来论说，报告文学在社会、政治、经济生活中实际并未受到重视。

第三个问题，当前的实际文学现状显示，国家、时代和民族在发展中，越来越呼唤文学参与、重视、了解和记录这份真实历史，但身体力行去实践的作家并不多。因而，能够介入和重视报告文学领域的作家，都值得评论界关注。

就报告文学目前发展现状来看，已出现很多优秀的、成熟的报告文学作品。但是现实中存在的另一种情况显示：很多作家写小说，写我们文学所定义的散文，写诗歌，却很少有成熟作家花大力气集中创作报告文学作品。是因为报告文学的结构技术难度更大？还是因为报告文学一直被晾在文学大门之外？

这里需要注意的情况是：报告文学的真实性要求作者可能要用大块时间做访问、做调查——这是费时间与心力的事情。我们也可能说，作为作家，责任、使命和良知中的一部分要求我们，要与时代同心，与国家、人民同命运，要有义不容辞地对社会公共事务的担当和清醒的责任感。

事实上可以说，没有其他任何一种文体可以像报告文学那样，更能直击时代变迁、国家发展和社会进步，更能唤起民众用理性和良知面对社会问题，面对国计民生。

以上两条若归纳于一处，可以认为：在当下的中国，在数亿人民用积极向上的实际行动，参与国家、民族的发展、建设时，报告文学已经成为一种精神力量，在推动中国向更高、更广的层面实现民族复兴。优秀的报告文学鼓舞、温暖和安抚着人心。

对一个成熟的作家来说，报告文学的写作实践，必须体现独立文学品格和社会价值。

以上的分析仅触及理论的表面层次，我们可以换个视角观察，从读者与作者两方面分析。

一本书若读者不喜欢，我觉得这大约不会全是读者的问题。在作者方面，是否是把一个真实、有价值的事件写得无趣了？或许下笔已洋洋万言，却不如经典的千百文字耐读。

诚然，有些问题，也由读者的审美趣味和阅读时间决定。读者的审美趣味经过这些年的时代、社会、环境变迁，发生了变化。在一些我们认为重要的事件上，读者也在考量作者的见地。读者的阅读时间也正在被新媒体无限分流，时代的大事件、社会广义化的生活状况……都在被多种媒体以多种视角肢解或航拍。

在时代的发展中，社会个体的个人阅读视野、格局也在不断升级和更新中。

文字所表达的世界，是小于我们所见到的世界，还是大于我们所见到的世界，有艺术的考量。但能平静、真实地记录时代人事的文字，一定会是珍贵的。

3. 报告文学不是“纯粹的文学”析辨

在这一年的调研中，诚实地说，我发现很多读者或者评论家，对报告文学有不屑之心——认为报告文学不是纯粹的文学， 试分析其缘由如下。

其一，我们应承认的是，在一段时期内，部分报告文学商业气息较重。

此处衍生两个问题：一是部分以“报告文学”为名的文学，是不是报告文学？二是这一部分作品的出现，使读者以偏概全，认为所有报告文学作品都有商业气息，与金钱、经济结合密切，有悖于文学本质。

这部分洋溢着商业气息的作品，被冠以报告文学之名发表，是否就是真正的报告文学？这些作品皆以商业定制的面目出现，是如何拥有了流传渠道？渠道又从何而来？在这个商业链中——作者、发表者、发表阵地、写作对象，皆有同案之嫌。我们需要一开始就将此厘清，用一个确切标准将此类作品“归类”到位——这部分作品，只是假借报告文学之名的作品。

其二， 作者自身对这种文学和商业的嫁接形式，持有推动、认可、成全的心态。在为了经济发展一切皆可后退的认识中，文学精神也成为可后退的存在，成为商业发展的工具。

谈报告文学的商业意味，这个认识上的问题我觉得要放到最前面谈。在一开始时，作者和发表出版者在认识上一定达成了某种共识，以为将文学和有商业意味的宣传结合有助于各方利益。它们的嫁接，成为报告文学发展中的一个遗憾。这是文学精神对商业宣传领域不成功的介入导致的。这个问题成因复杂，社会、时代亦有责任。

其三，文学与商业宣传联盟效果没有达到预期。虽然我们承认，文学作为社会现象的呈现之一，它本身从不是单纯的，这恰是一个时代的某种迹象，物质和精神的互相渗透。商业社会时代，对任何可以利用、合作和有助于己的领域都会存在攫取来为己所用的期待，对象征着精神意义的文学，更有取来一用之心：以文学的呈现，使更多人了解某一事件、现象和产业，并无不可。

何谓“纯粹的文学”？目前并无公认的通行概念，既然如此，从普通的、表层的理解看，纯粹之于文学，一定是精神层面到物化层面的贯通，由“文”而至“学”，从其自身功用到功用的发展延伸都是纯洁的。

从传统上看，我们的文学教育崇尚“为文远利”，由来可能是君子远利，而为“文”大多是君子之行。文若和商业联系，自然不清明。文学在我们心中作为一种神圣精神，它是从不应沾染商业气味的。所以，一些“文”与“商”联系现状的出现，使人们产生它不是“纯粹的文学”的印象。但通观这四十年的报告文学作品，只有少部分作品不够纯粹，一些诗歌、小说也都有和商业嫁接的现象。

4. 报告文学发展中没能及时直面和厘清遗憾

文学的功用其实有很多，著述、记录历史和时代是其一；传达思想，渴望达成某个思想层面的共识也是其一，虽然某些思想并不能转换为可直接用于生活、工作的力和能量；培养审美品位和优良习惯也是其一，通过一部作品去认识社会，了解人性的复杂和幽微， 在其中发现被毁坏或正被建立的理想主义精神，启示光明心智，文学的可服务处实在是疆域宽广。

在这四十年的文学呈现中，有些“文学作品” ——介入商业宣传的作品，不再只是“报告文学”，已成为宣传某种有利益的商品或提升行业商业价值的手段。我认为，此处不宜称这部分作品为作品，只能称其为“文学方式”。

究其原因，是利用了报告文学所具有的“真实性”这一属性。这部分作品，在被发表或见诸读者之时，被冠以“报告文学作品”之名。通常人们会认为，在报告文学中无虚假文字，这样的文字所描述的商品或人物，都将有毋庸置疑的可信度。在这种心理的驱动下，产生了这类作品。中国是一个重人伦秩序、重人际情义、重体制的社会，一些作者总会有没办法推却的约稿。这其中，有主动为之写的，可能也有被盛情邀请写的，还有被指派写的，等等。

这样，一些情况就产生了：一是在一些写作中，或应约或被动或主动地在作品中加进溢美之词；二是这些被写作的当时很正常的对象，在后来出现了问题。而这些作品，是被冠以“报告文学”之名发表的，这样产生的结果就是——累及报告文学自身的声名，使之渐渐日下。

我们换一个角度，不推脱，从报告文学自身发展的实践看这个问题。这个被社会各阶层发展所利用，尤其是被“商业”与“政治”利用的事实，确实是报告文学这个文体，在本身的发展和延拓中没被妥善处理和面对的问题，是我们必须在后来要严肃面对的问题，也是使我们付出精神被贬损的代价的问题。

如何正确理解和看待近几十年来报告文学中存在的这个问题？

这个问题，在何建明先生的部分作品中，比如在应邀书写的《我的天堂》《国色重庆》中，我们也看到，此作品中有为城市宣传正名的意味。城市不是商品，而是数代人的世居家园。但由此可推及、审视这一时期社会各阶层对报告文学的强烈需求。各地区、各行业，有很多此类作品推出并受到重视。这是这一批作品特定的、无法改变的时代背景，这一背景因何而出现、而繁荣？是无法回避的问题。

其一，来自国家官方的重视，这是任何有“国家”的时代在发展中均无法忽略和规避的事实。这个来自官方的重视体现于各类奖项的设置，如中共中央宣传部于1992年开始设置著名奖项“五个一工程”奖。

“五个一工程”奖内容：一部好的戏剧作品；一部好的电视剧作品；一部好的电影作品；一部好的图书（限文艺类）；一部好的理论文章（限社会科学方面）。1995年起，将一首好歌和一部好的广播剧列入评选范围，“五个一工程”的名称不变。文字类作品，在体裁上明确回避了散文、诗歌，而只重纪实文学（含报告文学）、长篇小说和儿童文学三种。这是一项有历史意味和浓郁时代背景的重要的精神文明建设活动。宣示政府更加重视亿万民众的精神文化生活，初心是鼓励文艺创作中有被时代呼唤的、有精神品格的、有血肉质地的，实实在在写民众生活、写时代命运的作品。而这一奖项隆重提出，必定经过论证和周详考量。

这一年，时间节点是改革开放即将迈入十五年。

1978年，可作为年轻的共和国焕发生机之年，14年的改革开放，到1992年，已是硕果累累。这14年，跌宕起伏。

相对于曾经物质贫乏的共和国建国初期，这14年，国家集中精力用于经济发展，促进物质繁荣。而这个奖项的推出，代表着政府的态度：作为一个有着五千年悠久历史的一向重视精神文明建设的国度，在发展经济之时，并未忘却精神。这是一个响亮的顺民心、顺潮流的宣示，这是时代的大背景。

这一举措，也让我们在写作和阅读中总是刻意忽略的事实重回视野：没有一部文学作品，是独立于它所在的时代背景而存在的，很多作品，实际就是一个作者视角之下他所在的政体、经济、人文、科技和他所在的生活发生关系的总和。

不管作者写的是什么故事，他作品中的人、事、物总是对应于其所处的时代背景的。一个国家、城市或某个群体，在其构建过程中所需的、所存在过的、所努力抵达的，必在文学作品中有所反映。在时代的发展中，在走向全球化的视野进程中，国家和政体需要来自文学的正面关注和书写。

在报告文学的写作现实中，有很多作品是作者自动自发的写作，也有很多是应约而作——文学的魅力牵引到更多其他领域，使之期待自身能通过文学作品而被人了解。这是对于宣传的选择——宣传，在这个全球化背景中，是重要词汇。

作家接受这种邀约，本身也是一种自我挑战和超越：要写得公正、恰到好处，并非一张书桌和一支笔就可以实现，需要大量的时间来走访、调查，需要严谨的视角和尊重事实的精神，绝非仅靠一些平素的生活积累和常识加想象即可抵达事件本身，写作过程中所费的心神体力也并非是写一部其他体裁的作品可相提并论的。

而一旦写不好，受到的各种讥评则远非是一部被写糟的其他作品可比拟的。

由于立场和角度问题，在很多读者看来，报告文学几乎就是宣传方法的一种。这大多也只是读者一个直觉的印象，不是经调查得来的。比如，偶然读了一本或两本这样的报告文学作品，之后也就以一而概全了，偏见就此产生。而这种偏见，常常肆意蔓延并成为常识而占据人心。当然，必须要承认的一个事实是，部分报告文学作家在市场导入文学的刹那，对于写作的角度把握确实有失。

探讨报告文学如何对国家、城市或某一个领域，以及某一领域的人物、事件、面貌进行书写，可在对现有作品的阅读中，寻找经验和答案。在广告学科大发展并进入所有的生活空间的时候，这确实是报告文学自身需要面对和厘清的问题。

优秀的报告文学作品在1976年之前，有《为了六十一个阶级兄弟》，在1976年之后有《中国农民调查》《落泪是金》《共和国告急》《南京大屠杀全纪实》等，此处可参见李炳银先生主编的《中国新时期优秀报告文学大系》（共十本，1998年由长江文艺出版社出版）。这些优秀作品，可作为一个客观证据，证明并不是所有的报告文学都像有些人认为的那样已被商业宣传所蚕食。

我们承认，报告文学在自身文体的发展中，未保有始终如一的文学的“纯洁”，有和“商业”“政治”结合过的事实，在报告文学的发展过程中，很多作家也发现存在这个问题，也在面对和厘清这个问题。

实际上，我们也必须承认：在每一个社会发展时期，选择文学成为表达自己的载体，从自身的发展和策略出发，并无不当。

例如，近二三十年，我们一直有“经济搭台，文化唱戏”“文化搭台，经济唱戏”之说，这都是发展中的正常现象。

存在的即有其意义，是因时而生。

经济、文化本就可相互支撑，二者从没有独立存在过。当然，就算不选择报告文学，去选择诗歌和散文，也只是体裁、文体上的差异，是社会发展中，处于各层面的社会现实的一种正常互动。

这二三十年来，各媒体发布的各种冠以“××杯”的征文活动，征文内容大多为命题作文，即专为某事、某城、某景、某人而作，即是如此。

从大的方面讲，时代选择报告文学为己所用，其缘由我认为有以下几点：

（1）若是选诗歌、散文，这两种文体远不如报告文学更宜于解构和装下现实的千头万绪。这基于报告文学本身的宏观和浩荡，也基于它有“纪实”这一在文学发展中越来越令人珍视的品质。当然，在其中，被无限诟病的报告文学的“商业气息”，也确是有些作者、作品，把软性宣传中的“软”做得太软所致，这个现象宜做个别分析，应置于写作背景中进行双重考量。

（2）这四十年来，一些区域、行业、社会经济实体，相继选择报告文学向社会和时代宣传和解说自己，是客观存在的“文学”现象，是当代文学史中无法回避的一节。

真实的事、情，会让人更有了解的欲望。这个需求和客观的属性，使“报告文学”被选择。不是报告文学在选择什么，这四十年来，它一直是在被选择。

在报告文学繁荣发展之前，所有的文学都是“纯粹的文学”吗？诚然，我们理念中认定的“文学”，不能掺杂任何个体或群体利益。文学用于书写历史、时代、人性、社会各种事件的呈现。文学自身的生长，不能在精神上有旁支或异质，如果有，则会干扰我们在文学审美中期望得到的因单纯的阅读而产生的心灵安适度。

至于近四十年的报告文学作品，那些被认为有“商业气息”的作品是否终能冠以“报告文学”之名，文学史终会有定论。是否所有“报告文学”作品都在“文学”之外，这也需要我们进行客观阅读、了解、调

查，之后再下定论。

客观地说，每一种状况的出现，都不是单独的或独立于时代其他所有事物的现象。细思报告文学沾染“商业气息”的问题，涉及报告文学的写作题材范畴有无禁忌。

如同每种事物在其发展过程中都对未知进行各种尝试一样，报告文学在自身的发展、成长中，也一直在尝试完成对自身文体所承载内容的探索。在这个商业的时代，电视节目、电视剧、纪录片等各种艺术形式，都在对自身的存在和未来发展尝试进行多种建构和选择。所谓文学的经营，小说改编成影视剧早已有先例，报告文学也是期待进入市场的文学，当然，它也面临如何选择书写对象和如何书写的难题。因此，不能因为一两部作品的失仪而毁掉它的全部声名。

我们的文学，自有史以来，就仿佛赋予了它必须洁净、远离名利的气质。中国真正从农耕社会进入商业社会的时间其实并不长，几乎和我们现在认定的、真正的报告文学出现的时间基本一致。

事实上，精神和物质从没有完全分离过，也从没有实现真正的相互替代。所以，在报告文学饱受“争议”和“非议”，为学界和业界所“遗弃”时，我只能呼吁各方家，宜一部作品、一部作品地拿出来具体讨论，宜一个时期、一个时期地比较，以某一个别作品而代表所有作品，以一种理论以揽定全貌是有失公允的，也有失论事的严谨与恳切。在指责和批评的时候，用一个客观的尺度，才可免俗弊。另外，报告文学作家，也宜更自爱、更诚恳地努力创作，最终以作品说话。

最终，能真正度量一种文学体裁或艺术体裁生命力是否久远的，一是时间的考验；二是市场的考验；三是那些怀着品味和觉悟的读者的考验。而创作出这些作品的人和终端的读者，是考量每一份作品的两端。在这两端之间，是一条等待众人来真实行走和实地了解的路。

5. 因果与互动：报告文学和文学期刊的关系

《辞海》中如此定义期刊：由多位作者撰写的不同题材的作品构成的定期出版物。期刊又称连续出版物，是有固定刊名，以期、卷为号，或以年、月为序，定期或不定期出版的印刷读物，每期内容不重复。期刊根据一定的编辑方针，将特定领域的作品汇集成册出版。定期出版即为期刊，也被称为“杂志”，从字面理解是“杂”与“志”的联合组织。这个发音源自法文音译，其本意是仓库。在我国目前阶段，期刊必须由依法设立的期刊出版单位出版，必须经国家新闻出版广电总局批准，持有国内统一连续出版物号，领取《期刊出版许可证》，方可进行出版和印制发行。

期刊按内容分为综合性期刊与专业性期刊；按级别，可分为国家级期刊、省级期刊，或以核心期刊、非核心期刊区分。

中国的文学类期刊是自有期刊这种事物以来，文学作品最重要的甚至是一段时间内唯一的承载体，是发表作品无可替代的、重要的、规范的传播途径和渠道。自行出版的文学作品为非法出版物，早期流传的手抄本、油印本受众少，是闭塞和狭窄的，无法尽快获得主流关注和广泛的大众视线。近十年盛行的电子网络平台，是现在很活跃的发表流通渠道，此处暂不涉及。

近年来，有部分评论认为：现当代文学史几乎就是期刊文学史。现当代文学作品几乎皆由期刊发表途径进入受众关注视野。作家和作品，均经此而入世。

每一种文学形式的存在，都依赖于作品的传播。现如今，文学批评和欣赏是一种传播途径，改编为影视剧是一种途径，这些途径都是辅助性的。重要的、主流的文学传播途径，还是各级文学期刊。虽然进入新媒体时代以来，传播途径呈现多元化趋势，但文学期刊的地位和作用至少在目前还没有受到大的冲击或被替代。

谈文学期刊的现状，必须涉及它的发展史。中国期刊市场发育和出现的时间并不长，只是最近这四十多年发展速度较快。近些年，随着新媒体的出现和网络科技的发展，期刊订阅情况出现颓靡之势，即便不做详细的数字分析，业内人士皆大体可感觉到。

分析其原因：一是大众度过业余时间的方式日趋多元，电子阅读产品的普及，信息学科的无限细分，也使以往单纯的文学阅读不再纯粹，受众市场更小；二是作为期刊本身，由于各种因素介入，作品中特别优秀之作也难见，静心写好作品的人、寻找和发现好作品的人的耐心都在下降，作品中更趋于呈现粗糙流俗的一面，也使其不断流失读者。

我国目前的国家级文学期刊有《人民文学》《中国作家》等，省级则几乎每省都有自己的文学期刊，有的地市一级也有自己的文学期刊。这些期刊多为月刊，也有半月刊或双月刊。开本则自便，16 开、32 开皆可自定。有国家财政拨款的，也有自收自支的。所有期刊经由编、审、校、印刷而进入市场和阅读阶段。

我国期刊的历史，始于国外来华传教人士在华办的第一批近代中文期刊。而中国近代期刊史的开端——差不多应是戊戌变法时期的一些文艺期刊。从梁启超主办《新小说》到创刊于 1949 年的《新华月报》，再经“土地改革”时期和“文化大革命”时期，再到 1976 年“文化大革命”结束，1978 年改革开放。改革开放之后，期刊开始进入空前繁荣阶段。这是我国文学期刊大致走过的路。

可以回溯的事实是，这些期刊在其成长发展过程中，多以发表小说为主——我们前面探讨过，现在的文坛最主要和重要的文学样式就是小说。小说几乎是文学的主要潮流和潮向，是文学的大半个天空。散文、诗歌地位皆如附庸。这种现状不能不说和期刊对小说的看重，以及把更多发表空间留给小说有一定关系。诗歌、散文在期刊中的阵地窄小，已经是一些综合性文学期刊几乎约定俗成的内在结构。在社会和历史为文学发表所提供的公共阵地中，正在进行文体发展、发育和完善的报告文学在期刊中的现状是：几无落脚生根之寸纸。即使有，也只是边角地位，于一些生存艰难的期刊发表，或仅限于发一些有“软广告”功效能收到赞助费的文章。

这一情势可能也助推了部分报告文学越写越长的现状，一些不需写那么长的也要写上十万字、八万字，因为在期刊之外，可寄托于出版单行本。

另一个事实是，中国的文学期刊皆是“官办”——由国家机构批准其出版刊号。一些所谓的民办刊物，就是没有取得这种刊号的非法刊物，只能在民间流通，官方也不认可其地位。既为“官办”，必有其政治考量。长期以来，很多作家的成长、作家身份的确立、作品的流传，都和文学期刊的助推分不开。

也许反过来是这样的事实：因为报告文学这些年没有产生足够的能进入期刊关注视线的作品，因此受到忽视。

我视此两者互为因果，也互相推动。

《人民文学》在近几年推出了非虚构专栏，这是在期刊史上有潮流风向标的举措。但现状是，省级以上的主流刊物仍没有报告文学作品位置。尽管报告文学是“五个一工程”奖中一直受关注的一个奖项。

可见，虽然这个时代和社会的文学视线中出现了报告文学，但它的生存之境却是困顿的。出好作品、出大作品的通道，较之于其他文体显得狭窄艰涩。任何事物的生存发展，都必须在一定的社会秩序中进行，并获得一些生存条件。在广阔的社会经济、政治、文化背景之下，多元的文体共存，各文体之间存在差异及受众面的局限性和复杂性，导致各种文体各有优势和劣势，也各有自己的规范和创新，虽然它们的表述对象同为这个具体的世界和时代，都是在时间的发展中建构和完善，并处在不断地对自我的超越中。

在自然的大法则之中，也许从期刊的各文体阵地分配图形表来谈一个文体的存在，有些小气量。此处之论，只如一个爱絮叨子女的母亲，在谈论自己子女的种种时，偏心于比较贫弱的一个子女的情境吧。

文学的发展史和发展规律证明，必要的外部条件确实会有效改善和打开一个文体在发展中的瓶颈。

这几十年来，报告文学的生存环境相对严峻，一部好的报告文学作品成为经典文学作品的路径，相比被期刊所重视的小说、散文和诗歌来说，多了一些要走的路。自救的方法唯有作家自身努力写出更好、更有分量的作品。作品写出后，有与之相匹配的发表阵地，是锦上添花，更是雪中送炭。所以纵观四十年文学环境之种种，更觉报告文学之不易。

写作此文，也是表达我向一些坚守在报告文学创作阵地的作家致敬的心意。

何建明曾说：

> 我感觉创作报告文学与其他文体完全不同的是，我们不断不时地在接受预设对象的检验和审视，以及他们之外的公众与历史及现实的种种拷问。这是其他文体所不需要的，而这使得其他文体更自由和更具艺术性。然而这个世界上自由是最容易的，而被框制的又必须发挥的艺术其实才是最难的。也正是因为难，才显得可贵。作家都愿意作思想和行为的自由主义者，唯独报告文学是不可能自由的，然而文学本身又要求我们力争自由，这种矛盾考验和影响着一个报告文学作家的高度和耐力，意志和艺术……
>
> 报告文学作家的胸怀与意志，起点与高度，由历史和时代的种种深化而成。他们的艺术感知力和对题材的把握，只有在一行复一行的辛勤写作中磨炼。如果说小说是“钻心”的艺术，那报

告文学通常是劈头盖脸地用刺刀直接触及读者心灵的艺术。

何先生之言附于此，以慰我写作此文时内心忽然生起的戚然之感。

另外，对于报告文学在传播中的局限和瓶颈问题已有新的出路。实际上，新媒体时代的到来，给文学的传播带来了多种可能。很多小说被改编成影视剧，报告文学因其实事实录的魅力同样获得影视界垂爱。报告文学作品里同样有着丰富的生活和鲜明的人物形象。作为纪实作品，改编成为影视作品更有非凡意义。虽然改编后的影视作品会面临剪裁和完整性、真实性被矫饰的可能；与原作在基调和主题上保持一致也很困难；甚至一个画面、一个瞬间，对应于文字的几百字铺陈也可能是有“隔阂”的，但总是让我们欣喜地看到了另一份关于“传播”的希望。

6. 谈论报告文学，要从构建新的认识开始

这是一个阅读品类丰富博杂的时代，社会政治、经济、文化的发展，使古今中西的书籍实现了前所未有的汇集与贯通。这也极大地满足与纵容着阅读者的所有挑剔和任性——我们需要承认，在阅读中，对于读物的选择，每个人都有他的挑剔和任性。

在此前提下，报告文学这四十年在文坛中的位置和处境，更为复杂。

前文探讨过，在这个时代的文学容器里，大面积、大块的地方，均被小说占据。这是小说前所未有的繁盛的高峰。这种情况，从各刊物各体裁所占的版面比例，从各级各层作家代表大会中各种文体写作者参会人数比例均可见其端倪。诗歌和散文，早已成为小众之中的小众。

回到“文学容器”这个比喻，诗歌、散文或延伸至报告文学，都只能是一些可怜的缝隙中的填充物——在偶余的空档里视时机、视容积情况而填充缝隙的可溶解、不占重要空间的物质。小说作品，它是坚固的、大块状的、坚实的、不容置疑和铁定的存在，是主体。这就是文

坛，这个“坛”目前的格局和状态就是这样。

所以，在这个时代，真正被人心悦诚服地称为作家的人，多半要写上几篇小说来奠定声名。而诗歌、散文作者，于“作家”这个名号，则往往求而不得。这实在有失公允，我认为必须由作品的分量决定作者的名望。

按常例，报告文学一直被分封在散文旗下，如文学的“庶出子女”。在文坛中，报告文学一段时期以来的位置，更是不起眼，不被“文学”或“文学批评”的主流眼光所关注。虽然也是行行复行行，章章复章章地写出文字，但仍乏人问津。而这其中更有些作品，除却前面论及的商业气息问题外，写作者本身文字功底欠缺，作品文学性显得稀薄。

普通读者挑选书籍，往往会根据媒体的推荐或跟随理论家、评论家的眼光，这样的引导，是时代信息发展带来的便利，但有时也失去了客观。静下心，自己去读一些作品，从中获得自己的独特发现，这样的阅读才是真正的有品质和个体精神光芒的阅读。

各类引导阅读的理论文章，各有其出发点，但总免不了是一时、一地、一人之见。报告文学的现状是，鲜有重要媒体对报告文学作品进行持续的关注、推荐和引导。

这个时代的文学确实以小说为先、为重，这种现状的成因此处不作分析。即便在散文之下或之旁，分拨了一把交椅给报告文学，那坐在它旁边的，也多半是心里有些疑惑和不服气的：报告文学什么家世、来路，功底？也配坐在这里，与我们一起推杯换盏，平起平坐？

这种局面，是使部分报告文学作品随歪就歪、发育不良的因素，也是导致优秀报告文学作品难以出现的瓶颈。

所以，谈论报告文学，要从构建一些新的认识开始：

一是认识到这个时代政治、经济、人文的前所未有的变化和发展，我们在这些发展、变化中认识、解构报告文学的位置和处境。

二是认识到这一时期的报告文学作品对于整个文学也并不是完全无

意义和无价值的存在，它的意义与价值是明显的。这四十年来，很多优秀的报告文学作品中，对于时代、人心的那部分精神的呈现，以及对于时代重大事件的忠诚记录，是超越其他文体的。

而报告文学自身的艺术品质和成色问题，也将是影响它能否在文学史上占据一席之地的关键原因。谈及报告文学作品的艺术成色问题，有以下四个方面。

（1）语言文字问题。这是进文学之门的基本功。这不是一日之功，需要通过大量的对经典文学作品的通读，才能将所观察事物的状态转化成文学状态，也就是掌握叙述事物的技能。叙述事物要全面、具体、角度独特，并赋予文字个人的气息和魅力。如果叙述得生硬、呆板，写出来怎么看、怎么读都不能引人入胜，那这语言文字关自是没过。古人说的“熟读唐诗三百首，不会写诗也会吟”和“读书破万卷，下笔如有神”是有道理的，只是此处须赘述一句，三百首诗并不多，一天读一首，一年就有三百首了。随着社会文化、时代的发展，现在“书”的概念也远非昔日可比，此处所说的读书，应是读经典、传世的文质兼美之作。

（2）结构问题。既为文章，就要有文有章。若文字为血肉，章法结构就是骨骼，内在精神则是“气韵品质”。如何布局，如何谋篇，并不是只有小说或散文才讲究此道，同为“文学作品”，写作途径是相同的。写作能力可通过阅读经典和反复的写作练习获得。写作练习被很多人认为是枯燥的、无趣味的、可省略的。但世间万事皆无捷径，文学艺术如书法、绘画诸般技艺一样，没有经过大量练习而写出的东西，很难具备艺术成色。

（3）素材资源问题。有些作品只是对已知文献和公共信息资源进行简单的重复利用，缺少新鲜材料进入，使作品看上去有资料汇编之感。这样的作品内容缺少新鲜感，很多信息都是已知的，若兼有文辞空乏之弊，无疑将大大影响其艺术成色和艺术感染力。另外，一些报告文学作品中出于对素材的珍惜——一些取自一线的艰难采访后获得的素材，也面临取舍问题。写文章，需要思如泉涌，如自来水龙头打开，源源奔涌；但也要有使之“停”的慧心和勇气。对采访得来的素材，一些现有的文献，有些虽难以获得，也要有“舍”的气量，要有“停”的自觉，不是资料用得“多”、用得“全”就对。很多报告文学作品中，对一些被前人反复用过的“文献”再用时一定要慎重考虑。选取资料和素材时，应选用新鲜有趣的，否则将使作品缺乏生活趣味，呆板无力。这些年，报告文学作品越写越长，书出得越来越厚，这并不利于阅读和传世。要有把书写“薄”，把作品内核的精神品质写“厚”的意念。有些报告文学作品的题材本身并不具经典特质，我认为报告文学作品传世的内核是其中蕴含的精神。

（4）作品精神内核或叙事方式缺乏写作者个体风格标识。很多作品总是在触及公众信息时，会因素材资源的不同叙述方式而随之变化，难以形成自己独立的写作风格，使作品精神价值减弱。同时，资料的大量呈现，减少了阅读者和写作者的反思空间，削弱了作品的批判性。

对于报告文学这些年一直孜孜不倦探讨的真实，我的看法是：能越过所有写作者、知情者、当事者认知能力与记忆等所有个体差异的真实，即可视为报告文学讲求的真实，如时间、地点、事件的当事人等。这些都是事件中的“硬性”和“刚性”的真实，这些真实能经历时间、时代之变而始终如一。至于事件发生时人物的心理活动、情绪、某句不是特别重要的话，这些会因描述者和叙事者的不同而产生出入和些微差别，这是可以存在的。报告文学在目前对“真实”的探讨中，我认为对“大方面”的“硬性”真实的追求必须不折不扣。至于细节处，因人的心理本身就存在不同的呈现状态，也会因观察角度不同，从而对当事人的内心世界和当时的事态发展判断带有自身的主观色彩。

食物是怎样被我们品尝、进入胃肠并被消化，最终成为生命养分的？认识一个事物，也是如此过程。

四十年前何建明在部队的照片

何建明近照一

何建明近照二

何建明近照三

何建明文学创作早期出版作品

何建明近期出版作品

第二章　新四十年的文学实践
——何建明重点报告文学作品析辨

1. 关于地球、家园、生命——共和国国脉和普通生命的告急

一部作品对于作家本人，一定是其巨大生命能量的堆积、转换、生长。一部作品无论它多么单薄，但一定是作者独自精神意志的综合表现。

“文化大革命”之后，改革开放屈指已四十年。在这新四十年的报告文学史中，何建明是始终贯穿其中并最耀目的那一个。这三四十部作品，在一个人的生命里，是他所有气血精神的凝聚，甚至是他的生命作息规律的汇总表。我们谈论一个作家的创作，在谈到他某部作品的同时，也会一并谈到他的全部作品，以找出他创作思想的宽度和高度，不论最后画出的坐标图形如何，都是作家创作脉搏的律动。有时，我们可以用这个律动图形来丈量他创作的精神指向和文学追求。

我们一直承认，文学是精神方面的事物，作家通过文字表达自己，也通过文字，使自己和外界建立联系。报告文学的特点，使作家的表达更多的是基于这个时代——如何将社会现实变成写作对象，这依赖于一个作家察事格物的能力，从写作技法到书写态度都有极高的要求。这样写出的报告文学作品才能在实践中完成自己的功能，成为社会公众了解社会深层面貌的一条途径。这是作品本身赋予并呈现出的现实意义。

“以我观物，故物我皆著我之色彩。”报告文学写作的局限是，作家以自身之眼睛观物，难以照顾到全局、照顾到所有在场者、照顾到各层读者。

报告文学写作中最大的难题是什么？就是怎样打破局限。

“人能弘道，非道弘人。”

全球化视野是一个比较新的名词，在全球化视野下写作，也是近些年提出的概念。新时期文学的问题，简而言之也就是如何看待传统文学与外来文学形态、观念的问题。社会精神意识中逐渐出现的新的结构方式与价值取向影响着时代文化潮流。

从个人角度审视和观察这个时代在世界背景中的存在状态，这是一条每个人只有自己去走、去尝试过了才可以知道路情、路况的选择。从这一点讲，与其说是记者出身的何建明选择了报告文学，不如说是报告文学在这个时代召唤了他，驱使他这三四十年来从不同角度书写这个时代里的人物、事件、问题，不停思考并且追问。报告文学的存在价值就是真实记录这个时代：记录发生的事件和事件中的人。报告文学的兴盛也基于：人们拥有了追求真相的权利；人们对一些事件真相的求证之心；大众对社会问题比以往任何时代都更关注；政体开明，打开了各层交流沟通的途径。

《共和国告急》是第一届鲁迅文学奖获奖作品。我一直认为，用奖项来谈一部作品是不全面的，因为奖项对于人文学科，不是唯一的标准。奖项之于作品，在当今时代，更大的意义在于它能更简单、更直接地增加传播，是宣传模式的一种，而不是作品品格的确切定义。

《共和国告急》是一部以揭露中国矿难内幕为内容的问题报告。书中来自现场的画面皆是血淋淋的事实真相：时代背景中，金钱和利益在一定阶层内所占据的人心和世象。

金玉诸物，未成器之初，蕴藏在地层中，可供开采、利用的这一切

物质皆可称之为“矿”。我国矿产多，地下四处是宝。

金玉之器，皆是利益之物。有利即有逐利，所以矿难多。矿难中的“难”是什么？是活生生的生命瞬间的消失，是人为的灾祸，是不义之徒不顾生命代价对矿山的滥采偷挖。

一场场矿难，就是一条条鲜活生命沉埋地底的事实。无数的群死群伤事件反复出现，每一条逝去的生命背后都是一个悲伤的家庭。无数家庭在矿难中失去成员，这就是我们的矿业现状中让人无法释怀之处。

我们从后续资料报道中了解到，何建明对此问题最初投以关注是在1994年。

1995年之后，他开始对矿业情况进行持续、深入实地的采访。他把他知道的、看到的每一个和矿业有关的事件：部分的、有始有终的、有始无终的、四方散布的人物，一点点完整地写出来，呈现给公众，这就是后来我们看到的这篇《共和国告急》，发表于1998年。

我相当钦佩作者能给一部作品起一个能拎动和撬动全篇的标题。改革开放以来，经济建设正在良性发展，共和国正精神焕发地一路高歌猛进。而环境保护、资源保护，这是关系到子孙后代安居乐业和当代矿业工人生命安危存亡的大事，关系地球、生命和我们的家园。在20世纪80年代向90年代迈进之时，就能把环境、资源问题拎到发展的大背景中，从这个层面看，这一篇作品就是特别有意义的，是有思想光芒的文字。从这一点看，何建明在选择报告文学创作之初，就把自己的眼光投向了广阔处、敏感处、和平年代的“血泪相和流”之处，这是需要勇气的。

《共和国告急》是作者在思考和提问，向社会、国家，向我们每一个在地球上生活着的人提问。这个视野和基调的奠定，源于何建明之前十几年报告文学创作的经验，也是他在以后的报告文学创作之路上走得更远而且走得更坚定的原因。

从另一层面讲，报告文学作为文学体式之一，在与何建明相遇之初，为他对一些社会、国家、百姓问题的思考和关注，提供了言说和表达途径。报告文学和何建明个人之间，是互相成就的。这使得他能在经济还没有完全市场化，精神价值观还没有完全被消费主义思想侵占的20世纪90年代初，就将目光投向未来的思想领域和经济领域可能会发生的问题。

共和国的发展是一个综合问题。国家要走经济富强之路，文明的现代复兴之路。不能因为要致富，就不为子孙后代考虑，榨取和用尽自然资源。

资源是有限的，在资源开发中，要贯彻科学精神，要合理，不能以生命为代价。地球，不是某个人、某个国家的地球，它是全人类的。它也是每个人、每个国家所共有的，独一无二的承载和生养万物之地。

当生态问题成为制约社会发展的瓶颈问题时，需要社会建立共同的认知，也需要强势的法治。和平年代，每一个生命都不可以白白牺牲。

也许常年生活在都市、平原的人，对矿山、矿产这个领域是陌生的。想要理解、了解一个群体，只有去接近或进入一个群体才能实现。不深入其中，怎知其中的物、人、事。进入矿区实地访问、观察和面对面的了解，支撑何建明写出《共和国告急》一文。我认为何建明对报告文学创作之所以能持久投入并一再写出好作品的原因是：深入现场，用吃苦耐劳精神，一个人一个人地访问，一个现场一个现场地跑，使现场采访成为创作的根基。一个报告文学作品写得有没有根，看的人自会在文字中看得出、感受得到。

现在回头看，在不同的时代，何建明的作品所关注的问题，他的思考，都有一定的前瞻性，他能直面现实进行批判和剖析，这体现出一个报告文学作家可贵的敏锐和远见。在《共和国告急》中体现了他的人格和勇气，他赋予了这个作品不一样的气质和精神。

“文学是把利剑，它为正义而战。”这是《共和国告急》里的一句话。

在《共和国告急》中，我们看到了一场又一场矿难，只要在有矿的地方，就有无辜的死难者，乱采、乱挖，偷采、偷挖。这样的状况，难道不需要报告？难道不告急？

这里有一个背景，1992年，地质矿产部解散，很多矿产资源没有及时得到归口管理。在这个背景下，写这个题材，是会触动那些乱采乱挖者的巨大利益的，因为他们采的、挖的，是闪亮亮的金子，是乌黑锃亮、上好的煤，是各种珍贵稀有资源。

这些一手材料的获得，来自作者亲眼所见，亲耳所闻，亲自面对。作者去第一线，和生者，和死者，和事件面对面。

苦累并不值得一表。难题是知情者、当事人的态度，是配合还是打压？从现场采访，到这一篇作品完成，这个答案也就出来了。读者根本不必再去问一次作者：你在采访和收集材料的过程中遇到了什么？如果采访顺利，为什么很多人不去尝试。

和平年代的采访，在很多人想象中应是和风细雨的，或许还可以有一杯好茶、一顿好饭招待肠胃；有一个盖着公章的介绍信，使采访顺利、畅通，并可以因此获得被采访者的重视和尊敬。若皆是这样轻松的采访，也就不值在此一述了。正如千人千面一样，采访也不会有一定的程式，通常取决于你在采访什么问题、什么事件。

烧大量的木材，才能出一小块炭。对于报告文学的采访也是如此，可能采访了很多人、很多事，才终于遇上那个了解自己要关注和询问的

采访途中的何建明

问题的人。无数的素材、无数的资料，删删减减，切切剥剥，才成一书。此中甘苦，只有真正潜心、虔诚写过一次报告文学作品的人才能体会。只可与同道语，而不为外人所知。

常见一些评论家或报告文学作家自己在评价和谈论作品时说：这一作品塑造了某个形象之类的话语。这个“塑造”之词用得最不贴切，最见外，最生疏，最有距离感，让我看了五味杂陈。

关于“塑造”一词，我的理解如下。

“塑造” 的本意：用语言、文字等艺术手段描写人物形象。当然，也包含用金、银、铜、铁、泥土、水这些材料制造出各种人和物形象的过程。

艺术作品的“塑造”一词却总有将事物本来面貌进行添加或修缮的意味。于是人们对“塑造”的常识理解中，似乎有运用了手段或技法对人或事物进行描摹之意。

报告文学在对人物、事件的处理上所秉持的品质是纯粹的记录、描写、再现，是朴实的、天然的、不须增删和雕琢的。我以为这也是报告文学品质的珍贵之处。所以，其中人物，无须“塑造”，皆是天然、本相、本真的存在。这是报告文学与小说的最本质的区分界线。

《共和国告急》中一个值得探讨的，能给报告文学创作以启发的问题，是作者叙述事件时的视角。

这个视角有国家的立场、平民的立场，还有作者作为第三者身份的观察思考立场，是三个立场的恰当综合。视角决定你能否观察到问题的全貌，也决定了一篇作品被赋予的精神价值判断指向。

《共和国告急》中很多事件被集合在一起，每个事件的存在、发生指征类似，皆是围绕矿产资源和利益问题。这些彼此看似不关联的事件，使文本结构看起来有些松散，但对于现实来说，是更真实的存在现状。

中国人的阅读传统，只要是一本书，就必须是一个能贯穿始终的故事，这个人从开始存在到最后，即便是最后这个人死了、走了也要有交代。不可以让一本书中所讲的人、事消失或在中途失去关联，这确实需要作家认真思考与解决。因为在许多读者看来，事件不能写得太松散，除非是笔记。这也是报告文学的创作实践中遇到的问题。

《共和国告急》中采用的写作方式，恰好体现了报告文学作品的特殊之处：有时，报告文学作品可能就是一个个问题的汇集，以及这些问题的出现、发生、发展，问题不是故事，不能以故事的完整性和有序性来要求。《共和国告急》给报告文学创作带来了一定的启示意义。

我们平时所说的关于记叙的本质，在不同文学体式里所呈现出的是不一样的。比如，同是一些“过去”或“发生中”的事，在小说那儿，它可以产生新枝节，至于这新枝节是自身生发，还是作者构想的并不重要。在报告文学这儿，因报告文学区别于其他文体的显著特征，就在于要对事件过程有忠诚、恳切的描述。至于情节是否生动，事情后续的发展是否连贯，这个连贯是否符合人们的常识和想象，并不需要作者考量，它是现实生活赋予的，是怎么样，它就是怎么样。作者人为添加赋予的，或综合相似情形而赋予的，那是小说的做法。

《共和国告急》中所谈及的矿难和矿产资源问题，在很多人看来，实在是一个和日常生活关联甚少的问题。锅里的米是矿产吗？盘中的菜是矿产吗？都不是。可煮饭的锅，要上好的生铁铸成才好用；种菜、犁田的机器要用铁来打制。生活中的种种：从五谷的种植、烹煮器具，到所着衣裳、所饰珠玉，算起来，皆与矿脉相关。这个“相关”，虽无血缘之亲，也有相联之意。这篇作品的最珍贵处，在于它对一个现状、群体的有很大前瞻性的关注。

《共和国告急》中提出的问题，是向天之问，是向未来之问，是整个人类社会在前行和发展中必将修到的一门公共课。

2. 寒门入学教科书——《落泪是金》所前瞻的中国乡村和教育问题

《落泪是金》是何建明发表于1998年的作品，也是1998年报告文学作品中思想意义相当突出的一部，它所言及的中国乡村问题和教育问题在二十几年过后的现在，仍是我们需要面对的问题。《落泪是金》奠定了何建明报告文学创作在中国文坛的地位，同时也使报告文学这一文体在20世纪第一次获得高度关注。至今，还有人这么说：《落

泪是金》曾让全国人民着实流了一次泪……

任何一个文体的成熟，其背后必然有社会经济繁荣的强大支撑和思想、文明的进步。

艾略特在《什么是经典》一文中写道：

> 把一件艺术品称作经典的，要么是最高的褒扬，要么是最大的贬损，这都随评论者属哪一派而定。这个词暗示了某些特定的优点或者缺点：不是形式的完美，就是绝对的呆板。但是我只想定义某一种艺术，我并不关心它是否绝对地或者在每一方面都优于或次于另一种艺术。我将列举某些我认为经典作品应该具备的品质。但我并不是说，如果一种文学想要成为一种伟大的文学，它必须拥有具备所有这些品质的某一个作家或某一段时期。

在我们无法对经典定义或对经典各持定论的时候，我却只想保有和回到我作为一个谦卑的读者的身份，谈一些我自己这一时期集中阅读报告文学作品的感受。

我曾先后两次读《落泪是金》。

两次读此书，书中的情境、氛围都使我心情难过。重读时，仍能感受到那种穿心入腑的悲伤与无力感。我内心有很多震动：一是对其中人物的遭遇感同身受，我能深深地体味到书中每一个人物的内心，如同他们是我；二是来自我对教育问题和国民经济均衡发展的期望，我想这也必是普通民众关注的。

诚然，这些书中的场景和人物命运，在目前的中国部分偏远地区依然存在。我们如何实现每一个家庭的经济对于基本生活的保障？如何使每一个孩子都能安心地接受完整的教育？这应该是国家、民族、民众共同的朴素愿心，是必须去解决的。

这本书背后的隐喻是作者和无数国人的深深忧虑——中国的乡村问题和教育问题何时能解决？

写这本书的初衷，即是作家本人想以这些书中人物的命运唤起更多有力量关注和解决这个问题的人，来关注、了解、解决我们的乡村问题和教育问题。

文学有时也是一个渠道，它不仅仅为审美和娱情而存在，它还是一种利器。这种品质在报告文学作品中得以更具体地展现。

现在，很有一些人，一提到报告文学，就以为是某某人的事迹，是形象工程，是歌颂，以为报告文学就是歌颂文学的学名。又或者，如前文所提到的，以为报告文学就是广告，是在贩卖产品和推销实物。当然，这种名声有其来由，我们也在本书中分析过它产生和滋生的社会环境，但以个别现象概括整体却不是对报告文学严谨和公正的判词。

共和国成立后的六十几年，是风风雨雨，一路努力的六十几年。其间的进程图景与巨大变迁，映照着每一个中国人的命运。成就是成就，辉煌是辉煌，问题是问题。发展就是解决和正视问题，这才是民族精神里能和“勇仁智”这些品德并列的一部分。

《落泪是金》这本书，来源于作者在几所大学里数次与贫寒学子们面对面的采访，是一份采访报告。

在书中，作者一次又一次地和这些让人心疼的孩子们心灵相交。

这些孩子，和许多孩子一样，同为共和国的一分子，皆是父母天地所生。在这本书写成后的 17 年，重读重温，我仍止不住内心悸动。我几乎对何建明先生有一个期待：17 年后，如果有可能，去看望一下这些当年的孩子，他们大都出生于 20 世纪 70 年代或 60 年代末，年纪和我不相上下，他们现在都在哪里，过得怎么样了？物质的难关过了，他们精神上的难关是否也已有解？

这些当年的孩子，现在皆已到了年富力强的中年，正是能用自己的努力报答当年父母的艰辛养育的时候。他们的父母也都安好吗？还记得当年的那一次访问吗？是否愿意面对和重提？

这些年，我甚至一直惦记着何建明先生笔下那个叫白敏娟的女生，以及她的叔叔所讲述的：

> 打元旦到敏娟和她上高三的弟弟上学走之前的两个多月里，一家人连一滴油都没沾过，外面还欠了2800多元债。哥嫂便在3月份里连续几次把在县城读高中的侄儿叫回家，劝他别再一门心思想考大学了。侄儿上的是县重点中学，成绩也不错，所以说什么也不想放弃考大学的念头。这么几次劝说没有结果后，哥嫂心里压力越来越大。大女儿也是刚中专毕业，还不知道能不能找到工作，儿子又要上大学，别说十几年来为供儿女上学已经欠下的一屁股债没法还，现在儿子如果考上大学，一年至少还得四五千元钱，四年下来就是几万元！……4月4日夜里，就把家里两瓶除果树害虫的农药喝了……

这书里的每一个人物，都值得惦记。我想这是很多读过这本书的人的共同情结吧。那个在农大读书的、把自己每个月九十块钱饭补和自己妹妹还有另一个表妹一起合用的女孩，三姐妹隔上一两天就用一只小铝锅煮一颗圆白菜，那种姐妹之间互济的温情一直感染着我。多么艰难的生活局面，还能照顾妹妹和表妹，这样温暖的感情虽然令人悲伤，但却那么美好。这种人性的美好，是现在很多独生子女无法体会到的感情。每一部作品完成之后，都会显示出很多作者创作时没有意识到的亮点，这是作品给予作者珍贵的回赠。

《落泪是金》共写了19章，引子为“白鹿原下的祭奠”，其后每一章都是眼泪沤出来的。此开篇让人想到《平凡的世界》的开篇。路遥与何建明，一个在陕西，一个在北京，这样的开篇不是偶然的异曲同工，而是因为现实图景实在相似。两个篇章中的地点，皆在陕西。在这块土地上，文章自古丰华艳丽。

《山坡羊》的作者，元代的张养浩在西秦，亲睹民众贫病与苦难，曾散尽家财，亲力去帮助百姓，后卒于任上。

《落泪是金》在采访写作过程中，作者看到学子们的艰苦困窘，也曾无数次解囊相助。好在我们所在的开明之世，远胜于那些兴亡皆不理民众疾苦的朝代。令人欣喜的是，《落泪是金》在文字上开凿出了一个了解的渠道，所呈现出的一个个寒门学子的境况，引来各方的关注与援助。

《落泪是金》讲述的是真正的中国乡村图景，虽然也有涉及一些城市里的贫困学生，但最贫困的大部分学生皆来自乡村。

在那些贫困的乡村，除了温饱之外的所有需求，都是一个家庭艰难的重负，对精神生活和物质生活的向往都是巨大的奢侈，包括对孩子的教育。这样让人落泪的现实，是我们必须改善的，是一个有良知的社会必须承担和解释的。《落泪是金》，正好打开了这个社会公众了解的通道。

此书的写作缘起于 1997 年 9 月，一位领导同志向作者介绍中国高校的贫困生情况。彼时，团中央正在开展大学生希望工程，在做“大学贫困生生存现状调查”，期望作者写一部反映这方面问题的作品。对那一代大学生的生存现状的关切，始于这个活动。

为了写这部作品，何建明在一年的时间内，走访了几十个单位，采访了几百个人。如果是写一部小说，需要这样辛苦地采访吗？不需要，有一定的生活积累和生活经验就够了。同样作为坐下来写字的作家，为一篇作品所做的前期准备工作是完全不一样的。这也是报告文学和其他文学体式的本质区别。

何建明曾说：“有几次，在去大学里采访的路上，我困得实在睁不开眼……可我必须准时到达采访地点，因为那儿的学生在等着。”作者

还曾走访了山西的部分高校，有一天，连续采访时间是 21 小时。

我理解张纯如写完《南京大屠杀》后的艰难心理历程，作者写《落泪是金》，一样也经历了艰难的心理经历。因为近距离地接近和完全打开内心的交流和倾听，于听者也是一种残忍：这些贫寒学子的命运，一次次击打着作者，使他一次次泪下。

作为进入高校的学子，他们在知识、学术上得到了国家和社会的重视和培养，从某种程度上讲，他们将是中国未来的中坚力量，是国家和民族的前途，他们是幸运的。而社会和他们所在的学校也意识到了贫困这一问题，向他们伸出了援助之手，从这一点来看，这些学子更是幸运。

我们面对的更残酷的事实，是这篇作品背后隐喻、引申而出的另一个问题：那些没有走进校门，没有获得更好的教育机会，却一样面临着生活的无限贫困的孩子们，那些早早失学的乡村孩子，他们的命运更让人忧心，他们的状况，更让人动容泪下。

谈到这儿，我们可以关注一个文件：2015 年中央印发的《关于加大改革创新力度加快农业现代化建设的若干意见》。

文件中提到：要坚持不懈推进社会主义新农村建设，让农民增收，让农村成为农民安居乐业的美丽家园。

这个几年后出台的政策文件，何尝不是对本书所提问题的一个补充回答。

作为一个以农业种植为主业的国家，农村是很多中国人世代的居住地。而在过去的二三十年中，农村却在大量消失。据相关部门这几年最新的统计数字显示，我国的自然村十年前有 360 万个，现在则只剩 270 万个，仅十年之间，平均每天消失的自然村有 80 ~ 100 个。

现在的农村现象是：由于不重视农耕，以及农耕收入太少，很多青年去城市做工，留在乡村生活的多是老弱病残、妇女儿童。鸡犬相闻之声渐少，桑麻之事不再被重视。很多古老祠堂被拆除，土地被闲置。农村孩子的教育从起点上开始，就得不到与城市孩子一样的重视，启蒙教育和延续的教育更加荒疏。

乡村，应是我们的精神原乡。要发展，而不是摒弃。

17 年前，《落泪是金》的诞生是贫困、咸涩泪水的凝聚，17 年后，再看大学校园里的众多学子，却是另一种情况。17 年前，即或贫困，还有很多学子坚定地读大学。现在的情况是来自寒门和出身寒门的学子却一再减少——这意味着因贫困失学的人数，没有减少反而增加了。教育问题以更严峻的形势出现，这期间社会又发生和经历了什么？

一代人的教育是上一代人精神意志的体现。如果说每一个孩子的教育，确切的起点是父母的教育程度和见识修为的话，17 年后的今天，这个差别显而易见：贫穷和教育程度已显示出世袭化倾向。从这一点显示出这部报告文学作品是紧贴时代动脉的。

我们对家庭教育最浅显的比喻就是：父母自身是孩子的起跑线。我们现在的教育环境，对于教育资金匮乏的普通人来说是一个艰难之境。如果贫穷、教育和财富都成为可世袭的部分将是悲哀的。《落泪是金》的价值在于在 20 世纪 90 代之初，就关注到这一现象。

当一个人连获得参与这个社会选择的机会都艰难的时候，又何谈去选择自己的人生和命运？而教育从来都是改变命运必经的途径。所以，17 年后的今天，我们的教育问题，仍是压在社会和人们心上的重石。

不久之前，一场关于“寒门是否还能出贵子”的讨论，曾引起社会各界广泛关注并参与讨论。此事始于一位在某中学任职的网友发布的帖子：

> 近两年学校里的中高考状元，基本家里条件都很好。中考结束，学校有 5 个排名前列的孩子都上了重点线。他们都来自开跑车、住别墅的家庭。这个月，这几位学生的家长们

还商议送孩子去澳大利亚参加夏令营。

反观我们小时候读书，成绩好坏和家庭条件基本成反比。班上同学读书好的，家里都很穷。

现在的尖子生，除了家庭教养外，父母都舍得花钱，送各种培训班，甚至请私人家教，成绩都是钱堆出来的。

不出20年，教育的差别将越来越大，穷人的孩子要想成绩好，光能吃苦是远远不够的，起跑线已经低了一个级别。寒门学子输在了教育起跑线上。

有网友跟帖：

以某重点高中来说，2011年上北大、清华的就有十几个。其中一个班全部上重点线，2个出国、1个去香港、5个考上清华或北大，剩下的全是211和985的高校。全班62个人，家庭是一个比一个好，从政的、经商的，最差都是高级知识分子家庭。农民、打工者家庭的只有那么一两个，而且绝对是那种对孩子超级负责的家庭。

另一网友跟帖：

我绝对相信穷人家的孩子也能够出高考状元，能够上名校，但是他们所付出的精力、所吃的苦头，真的比家境优越的孩子要多得多。

20年前“寒门还出贵子”，20年后“寒门难出贵子”，造成这种转变的原因是什么？对此，北大湖北招生组负责人表示，“保送、加分、自主招生等高考政策叠加了优越家庭考生的优势，寒门子弟拿什么和他们争？靠什么改变命运”？

帖子的跟踪评述和相关讨论很多，此处不多赘述。

只是由此可见，教育问题在每一个时期，在每一个社会发展的节点上，都以新的问题牵动人心。

报告文学为什么被称为报告文学？何为报告文学之“报告”？报告文学作家自己要如何对待这个“报告”？

这个报告，总是加了“请”和希望“郑重相待”的意味，谦卑而深怀期待。所以，在今天，我以重谈《落泪是金》来重谈教育现状是必要而有根据的：一篇报告文学的更大价值，已远不是它作为文学本身的价值——无论文字多么好，章节结构多么奇异，它对社会的益处、对时代的警示和长久地敲打叩问，才是它更珍贵的品质。它带给这个社会长久的反思和自省，敦促这个社会进步并向更文明、更理性的方向发展。这才是珍贵的，是我们要赋予一部作品的品质和精神。

我非常想了解现在的孩子读《落泪是金》会是什么感受，离他们遥远吗？不遥远，这仍是他们中一部分孩子的生活现状。这个社会在发展，我们这一代人的价值取向和精神世界都在发生微妙的或明显的变化。这本书，放在时代和历史的维度里可能位置更适宜——这曾是一代人甚至两代人都经历过的青春期：贫困和饥饿的，彷徨然而还是有光亮的。

17 年前，我们中间很多人不知股票为何物，不知道很多有时代感的名词所指的具体事物。中国经济融入全球化经济大潮，只用了不到半个世纪的时间：17 年前，一个家庭有一部电话都是时髦，现在，则是人手一部手机，彼此之间实现了便捷的随时联系的时代。

在《落泪是金》里，我们还看到了作者和每个采访对象之间，那种发自内心的真情交融和深切的关照。他一笔一笔记下这些心灵对于贫困的感知，细致体贴地记录着这种青春和贫困生活面对面的彼此触摸……从中抽取任何一个章节，都拧得出泪水和这些孩子父母劳作的汗水。这

种不疾不徐的叙述风格，是基于内心无尽的温情和悲悯。它必然产生和引起强烈的社会反响，使这一问题获得集中的、积极的、有效的关注和帮助。

《落泪是金》，为什么是这样一个题目？金子是珍贵之物，不轻易示于人的，除了金子，就是眼泪。所谓“男儿膝下有黄金”“自古黄金贵，犹沽骏与才”“人间只道黄金贵，不问天公买少年”，黄金的珍贵之处还在于它抗得住腐蚀，始终如一。孩子们的眼泪更是贵重的，是我等为人父母者看了更心酸的。我们期待这泪水，如金子般能抵抗人生与生命中的种种腐蚀之力。

3. 寻找民族复兴与发展之魂灵——《中国高考报告》背后的质疑、深思、审辨

有一次，不记得是在哪里举行的聚会了，其间有一位师友刚出国访问回来，向我们谈及他的见闻。他去的大约是一个比较遥远的和中国交往不多的国家。师友问当地接待的朋友是否了解中国，当地的朋友说：“中国很大，有很多人。”又问：“那你们了解中国人是什么样的人吗？”下面是一些回答：

中国人不喜欢花钱，很节约。

中国人花时间做的一些事，我们不理解。

中国人缺少信仰。

中国人什么都敢吃，河里的游鱼，天上的飞鸟，都能吃。

……

去年我在印度德里时，正值中国的春节。德里的街上四处走着悠闲的牛，有这么多牛，在当地任何一家餐馆却没有一道菜是牛肉。有一晚，我住在阿格拉乡下的一个学校旁边，我问两个十二三岁的小学生为什么不吃牛肉。一个说，它给我们干活，很辛苦哦；另一个说，它也是

家人啊。

我想起很久之前，一位来访的外国朋友曾向我描述他想象中的中国人的样子：男人穿长衫，那种上衣和裤子连在一起的衣服；女人多爱穿长裙。字是正方形的，横是横，竖是竖，字和音关系不大。写字用毛笔，写毛笔字据说是一个人的基本技能，写得好的人会双手同时写梅花篆字。

一个国家有一个国家的政治环境，一个国家有一个国家的由历史、文化、经济格局而决定的社会形态。但有一点，技术进步的速度决不能和道德水准底线的下沉速度成正比。

可我们有目共睹的现状是：物质生活日趋丰富和改善，但社会生活范畴内的精神生活却日益粗糙、鄙陋。

当世界日益因科技的进步而成为一体之时，我们是否问过自己：我们对世界的了解和世界对我们的了解是否对等？我们是否在这个了解过程中，对自己做了一个客观而又有前瞻意义的审视？

《中国高考报告》写于2000年前后，是1999—2000年度“全国优秀报告文学奖”获奖作品。

科举制度的废除是比辛亥革命更重要的新旧中国的分水岭。新中国取而代之的是新的高考制度。

回看何建明的写作经历，在他将近四十年的报告文学写作生涯中，我们看到了作者对重要、重大的历史和时代事件及人物的关注与思考；他的作品中始终贯穿着的对题材选择的勇气和良知；对事实与其由来费心地采访、贴切地记录和忠诚地书写；对报告文学的叙事方式、事件结构和段落布局的探索与努力。

这其中，我认为对于一个报告文学作家来说比较珍贵也绕不过去的，是他对这些事件的立场和情绪：迅速介入事件的行动，以及回到书桌前的思考。

我们应该站在什么位置和角度上思考？这基于思考的维度。报告文学作家和作品，在这个时代广受争议，甚至受到攻击，这种现象不是一个读者、两个读者坐在一起就可以探讨清楚的，也不是一篇文字、两篇文字就可以分析到位的。关于此问题第一章内容已经涉及，此处不再赘述。

在第一章中，我已经表达过这个观点：时代语境中的文学早已不再纯粹，或者本不纯粹。这个“早”，若以时间计，应为近百十年时间；这个“本”，也早已生发出千万头绪——何况是对于在文学中一直处于边缘和不被待见之位的报告文学。报告文学既然在这个时代仍有呈现，也许只是一种存在现象，抑或它的确处于文学的外场，但我们仍有道理对它投以一些了解之心。

关于文学批评，此处我也赘述几句拙见：现在我们所处的文学环境，是复杂、多元、多棱角镜头下的当代社会。一切都处在湍流之中，浮沉漂荡往复，有待时间的淘洗和审验。所有的成见，也并非是多么的有道理或没道理，或者有无批评的眼光与智慧；所有不加思量地对人事、文章指点斧凿的人，也并非就是因为才华、眼界和理性。严正准确的观察力首先来自高尚的品格，然后才是才学，最后则是浸润了深厚个人经验的慧心慧眼。不负责任的赞赏和批评，于彼此的人生都是消耗。一些大而无当又必须面对的消耗，也可放在茶余饭后，慢慢地回想和谈论，而不必敬呈于珍贵的纸上，或发生于彼此应珍重的作者和读者之间。一个作家，真正的、更大的良知，就是回到安静的书桌旁，或去到纷乱的事件现场，随后将作品捧给时代和历史，这才是真正的尊严和自爱。时间所敬重的，必是这些人。

报告文学作为一种文学样式，从它初具形骸起，就宿命般地担负着反映社会和时代种种存在的使命，不管这种存在合理否、合情否、合法否，报告文学作家如同烽火前线上的将士，要随时代鼓点而行，是在战马背上写作。何建明多部作品的诞生，都处在时代的节点处，这个时间点于整个时代有承前与启新之意，也有点亮灯火之意。

前面说的这些，是我在阅读《中国高考报告》时写在笔记本上的一些感触，现在我们回到今天要探讨的这一部报告文学作品《中国高考报告》。

一年前，我和一位住在高中校园里陪读的同事聊天。她说她每晚陪孩子学习都陪到十二点。她和我一样，在学校里面租了一间教工宿舍，孩子从教室到宿舍走路不到十分钟。校园里有食堂、图书馆、自习教室。学校的晚自习是九点半结束，孩子到家后再自主安排学习两个半小时，就到十二点了。

同事说："辛苦是辛苦，但这是必经的路啊。如果我的孩子只是按他的兴趣读书，没有考上好的大学，也许他将来可以当个最普通的清洁工，收入也能保障他的生活，他也能愉快安心，被尊重，有公平的社会福利，那上大学就不是他唯一的选择了。但现在是什么局面呢？做清洁工打扫一年也不及办公室的白领一个季度的工资，而且还不被尊重，没有任何权利可言。还是老老实实读课本吧，能读课本也是多少贫困家庭还做不到的呢。"

我想她所说的权利不是指世俗意义的为官为富，而是指普通意义的人的权利，是人际间剔除了很多功利符号的、人与人之间纯粹的尊重和爱惜，以及获得劳动和社会保障的权利，能有通畅地接触这个社会各个层面的路径，也能发自内心地为自己的劳动和平凡生活而安心和快乐。而现在，我们这个社会，做最基层、基础劳动的人是否能平等地获得物质资源和精神力量？路太长了，这一代人的时间是解决不了的。如果获取不到公平的社会物质保障，何谈精神上的尊严和快乐呢？

人类自有史以来，社会就有分工，即俗话说的三百六十行。随着社会的分工日细，可能的行业分支更是以千以万计。真正的理想社会是什

么？这是人类有思想以来一直探索和追问的。人生百年，必各有专精：种粮也好，织布也好，烧陶、打铁也好，读书为政也好，各专注于分内之事，并以行业间商品的平等互换来实现生活和心灵精神的互补，从而使社会平衡、稳定、发展和富足。只要你勤劳、正直，只要社会太平，没有战乱或大的灾害，这就是一副理想的图景。

这是最朴素的道理，但为什么最终脑力劳动者和体力劳动者之间，出现了巨大的物质和精神生活的幸福感差异？

孟子说：

劳心者治人，劳力者治于人，
劳力者食人，劳心者食于人。

汪洙《神童诗》：

天子重英豪，文章教尔曹；万般皆下品，惟有读书高。
少小须勤学，文章可立身；满朝朱紫贵，尽是读书人。
学问勤中得，萤窗万卷书；三冬今足用，谁笑腹空虚。
……

宋真宗赵恒《劝学诗》：

富家不用买良田，书中自有千钟粟；
安居不用架高堂，书中自有黄金屋；
出门莫恨无人随，书中车马多如簇；
娶妻莫恨无良媒，书中自有颜如玉；
男儿若遂平生志，六经勤向窗前读。

我们的中华文明已沿袭了五千年，而文字的历史则更短，是在出现文明迹象之后产生的。几千年，弹指一挥间，这千百年间的文化沿袭，向我们灌输了这种观念。

现在我们回到《中国高考报告》一书，回到本书成书之始的2000年。

《中国高考报告》在报告什么问题？它是在提问：高考是什么？

高考可以说是今天无数中国家庭都有过的共同经历和面对过的重大事件。高考在中国是什么情况？它如何介入和左右着我们的生活？介入和改变着一个青年的成长命运或者说人生方向？为什么有“一考定终身”之说？这些问题，都是话题，是我们或多或少耳闻或亲历的问题。

1977年，中国中断十年的高考恢复，2000年，《中国高考报告》问世。在这之前的数十年，没有一部文学作品对高考进行过具体翔实的解读和记叙。

我初读此书，已是在它问世整整十五年之后。因为标题的诱导，我在开卷之初就带着私人的问题：

一个报告文学作家对题材的掘取和捕捉能力是怎么修炼而成的？是靠天赋的敏锐，还是靠日积月累的生活经验？作者对社会各种现象的观察是自动、自发、自觉的职业习惯，还是这种观察已成为他的生活命脉所在，已和他的生活完全互相浸透？

通过这一时期对何建明作品的集中阅读和了解，我发现他创作中的一个现象：他的很多报告文学作品，绝非一时、一地、一念而起的采访所能支撑的，必是多年潜藏在他心间，不断积累素材，只等偶然的一触而发。

《中国高考报告》相比《落泪是金》，思考的触须更加韧而锐。《落泪是金》写于 1998 年，是对当时中国高校中的贫困学子内心、生活和思想情况的记录，意在呈现大学中贫困学子的现实命运困境，是为物质计。

到了《中国高考报告》，作者已经在开始拷问精神，拷问社会的、民族的、个人的精神根源问题。《中国高考报告》是对当代社会公共资源和福利分配，对社会分工的庄严拷问。这个拷问基于什么？它的出发点和目的又是什么？

读完《中国高考报告》，掩卷之余，我发现它也在暗中提问：

第一问：通过“高考”教育的选拔之路而出来的“人”，是我们今日这个社会、时代所需要、所期待的真正的“人”吗？

第二问：每一个通过了“高考”之路的人，你们成为了自己想成为的那种“人”吗？或者，通过这条路，你们实现了自我期许吗？

第三问：每一个没有通过“高考”之路走了另外的路的人，人生就此有哪些不同？社会如果没有更多的、合适的窗户为他们打开，那么，我确定，这个社会结构的设置的合理性是可疑的。这个社会是“人”所共有的社会。如果一个社会所需的所有人全部来自并通过一种统一的考试，那么，这个考试要如何设置和设计才能更趋于科学，更近于人性？

《中国高考报告》第一章以“大学——中国人的梦”开篇。

开篇写梦，即为梦，自有其念念在心却又令人虚无难抵之意。它只是人体在睡眠中，身体内外或大脑受到外界种种刺激引起的些许影像残留，是精神现象。

第一章第一节“东西方人的追梦差异”，这是开篇后就拷问到的关键问题：社会环境和文化背景赋予我们的价值思想观念是不同的。

在中国为什么家家户户乃至人人都有一个大学梦？为什么要有这个梦？人有梦总是有理由的。在中国，这个梦意味着什么？它的意味之一是“学而优则仕”。它还意味着什么？它意味着向往获得权与利的心，是获得权与利必经的途径；是过上好日子，物质富足，收入增加的捷径。而又是为什么，那一代人会把“收入增加”视为人生梦想，还向往着传统观念里所谓的做“人上人”？众生平等，人亦生而平等，这是人权。为什么我们却要以居于“人上”为荣？

在一个时期内，放眼周围，一个国家里似乎无数的家庭正在做或曾做过的都是这个梦，这就不是一个单纯的社会现象了，而是国家和民族的精神层面的问题了。

我们先试从作品本身分析《中国高考报告》出现的时代背景和社会现状。

这部作品的写作时间是1999年，改革开放整整二十年，这是个颇有意味的时间节点。

这一代人的小学音乐课本上，是有《读书郎》这首歌的：

> 小嘛小儿郎，背着那书包上学堂，不怕太阳晒，也不怕那风雨狂，只怕先生骂我懒哪，没有学问呀无颜见爹娘。
>
> 小嘛小儿郎，背着那书包上学堂，不是为做官，也不是为面子光，只为做人要争气呀，不受人欺负不做牛和羊。

这首歌诞生于1944年，距今天已过了一个甲子。我以为，可欣慰处，也之所以它能传唱不衰，是因为歌曲里浸透了明朗如三月万物欣然生长的气息，那么活力洋溢，那么欢天喜地。天地是自然，那种对自然的爱悦最美的安放，就是天真的孩童之心：背着书包去上学是多么开心的事啊，去读一本书是多么快乐啊，好好读书才不负父母期许。父母的期许是什么呢？是做人，做一个争气的好人。说得并不明确，但明确了不是为做官，也不是为面子，是让人得以成“人”，做一个“真人”。

《中国高考报告》中的读书场面却是沉重的：在20世纪结束，新世

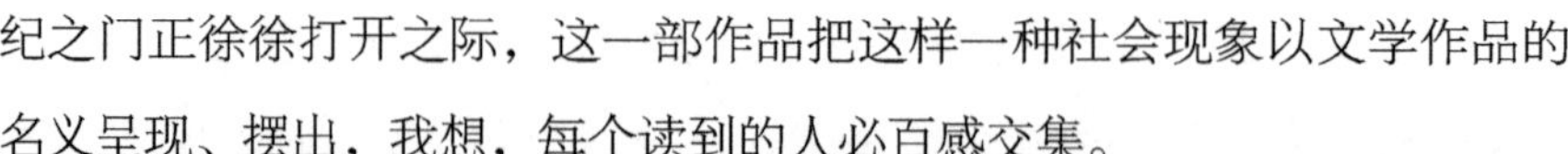

纪之门正徐徐打开之际，这一部作品把这样一种社会现象以文学作品的名义呈现、摆出，我想，每个读到的人必百感交集。

书中开篇谈梦，东西方之梦。当这部作品问世十二年后，时间指向2012年，中国共产党第十八次全国代表大会召开，会上提出的重要指导思想和重要执政理念中，正式提出“中国梦”一词，并为“中国梦”庄严定义：实现中华民族之伟大复兴。

“中国梦”的核心目标被概括为“两个一百年”：到2021年，中国共产党成立100周年和2049年中华人民共和国成立100周年时，逐步并最终顺利实现中华民族的伟大复兴。具体表现为：国家富强、民族振兴、人民幸福。实现途径是走中国特色社会主义道路，坚持中国特色社会主义理论体系，弘扬民族精神，凝聚中国力量。实施手段是政治、经济、文化、社会、生态文明五位一体共同建设。

中华民族需要复兴，也必须复兴。

在“复兴”中寻得“发展”，在“发展”中实现“复兴”。

中华民族曾经创造出的灿烂文明，要重新寻回并赋予新鲜血液；民族主权和尊严要恢复；要实现国家富强、政治民主、文化繁荣、社会和谐；要增强国民身体素质，能“手挽雕弓如满月”，也要在智力上进步；要建立或重建民族自尊，让民族更强大；要复兴文化，重礼义，知荣辱，政治更开明，对和平有信念。

这些复兴，倚赖什么，基础是什么？必是教育。

回到2000年，仍是《中国高考报告》的开篇，第一节：

> 东方人以追求圣贤与完备自己的学问为自己所要实现的人生之梦；
>
> 西方人以追求无限的个人自由与幸福为自己所要实现的人生之梦。

两种梦带着两种完全不同的意识，不同的观念，不同的信仰，甚至不同的文化背景与政治……

东方人总是以自己悠久而辉煌的历史自豪；

西方人则把实现今天和明天的美满幸福当作自己的生活目标。

《中国高考报告》从表面看，所触及的问题只是教育问题。可是，这一直是一个国家、民族的灵魂问题。种种的核心问题，都与教育息息相关：成在教育，失在教育；兴在教育，衰也在教育。

这也是《中国高考报告》这部报告文学作品的思想光华所在。从这一点上看，决定一部报告文学作品高度的，不在结构，不在技术，而是基于报告文学作家所思所想的问题，这个问题的高度决定了一部作品的基调和格局。作品为读者呈现了作者本人之所见、之所观，作者的所思所想在何处，是形成一部作品不一样的气场的关键因素。

这部作品还给我们另一个启示：一个有历练的好的报告文学作家，应是这个社会和时代的杰出情报员。虽然作为一个报告文学作家，他仍解决不了他所见、所察的重大问题和现状，但也许能引起社会的关注和其他更多人的重视，从而改善目前的状况。

基于报告文学文体的特殊性，在对这四十年来报告文学的梳理和省视中，我感到，对于报告文学作品，我们在分析时，首先要分析的往往应是：这部作品在和我们“谈论”什么，在“报告”什么？其次，才是分析它是如何“谈论”和“报告”的。我以为这才是研究报告文学作品的“入口”。

共和国的文学史，由于我们的特殊社会情况，其实也是一部“社会政治中的文学史”。这一认知，我想是能成立的。

因为若离开具体的政治体制、社会与时代语境来谈论我们这个时代的文学，必是不全面的、碎片化的，有断章取义之感。那么，所谓的“土改文学”“十七年文学”“十年文学”，所有以各阶段的事件或流派命名的文学，都不太能有效成立。这些被认可或运用着的称呼，无不是对应着有深刻时代烙印的文学。目前据我所见，很少有一部作品，能超越当时的政治格局主张和思想，更鲜有对时代、政局有着庄严的思考与拷问之作。

《中国高考报告》的亮点还在于：它对“高考”这一现象的存在，进行了真实梳理和呈现，以此真实之现象问政于时代。因此，如我们前面所说的，作者的思想性给了这部作品不一样的高度，这是客观事实。

书中写出的人物、情节，大量的资料中所呈现的高考体系，都是撼动人心的。新中国发展到今天，如果一切发展均要以“人”的发展为圆心和坐标，那么，我们的顶层教育要如何设计？我们必须要有一个把一切“人”的属性涵盖、维护好的设计。

我们呈现的现实局面是什么？如书中所列：

有腐败、有陷阱，也有旁门左道。这些都是被什么所驱使的？是什么诱惑有这么大的力量？

作者也曾直言：“每年的中国大学考试，就像一场战争，参加的人数和激烈程度是全世界所罕见的。”

在这样一部高考形态实景记录当中，展现了中国当代教育制度之下的学生之相，所有有学子的家庭之相。

《中国高考报告》的主要内容，是对一些真实个体的高考经历的记录，或者说还融入了作者从个人立场的对高考的一些理解。书中一个个家庭的真实生活场面，为高考而战的心理历程，行进中所遇的周折、思量，被改变和影响的命运，一一读来，有催人泪下的节奏。

“高考” 在中国，为什么被赋予了如此神奇的力量？在作者看似平淡的讲述中，各家的家长里短，与高考相关的人和事、各种生活的层面，都被作者一一剖开，一个个生活的断面因此而鲜明地呈现出来。

该书写于1999年，现在我们回头看，其实在作者平淡的讲述背后，他在和我们所有人推心置腹地谈论一些问题，一些大问题，一些社会和国家层面的大问题。在“高考”这一考试背后，它的隐喻，来自社会政治、制度及国人精神方面的，它能规范和改变，以及渴望被人规范和改变的东西，到底是什么？

如果高考是在改变命运，那么改变的命运又是哪些？

为什么国人对命运有如此强烈的改变之心？这“改变命运”四个字后，深藏着的，我们民族内心的精神焦虑是什么？

是否我们的物质仍旧太贫乏？是否这个社会仍没有真正赋予每个人平等为人的尊严？

中国高考作为一种社会现实，这部作品是对这一现实的一个质疑，一个深思，一个审辨。

围绕此中心，书中内容涉及：

中国人的大学梦；东西方人的追梦差异；中国旧考场；邓小平决策；恢复高考；毕生的情愫；备战 “黑七月”；对优秀生源的抢夺；考试，考试……；“高考移民”现象；高考现场情况；目击到的情景实录；考生心迹；出国大潮开始涌动……；一张录取通知书所决定的；是否能释掉的考生与家长心灵的重负……这些情节，构成一部在今天看来仍有些沉重的《中国高考报告》。

进德修能，为人之根本。

宏毅笃行，亦任重道远。

《中国高考报告》作为一部寻找民族复兴和发展的魂灵之书，它背后所隐喻的问题，就是我们和世界上最优秀的文化及科技生产力之间的差距到底是什么，在哪里？它在等待我们的国家、社会，给人民一个庄

严的回答。

《中国高考报告》自2000年初版后，一直畅销不衰。我想，它之所以受到很多读者的喜爱，除了前面我们探讨的它的思想性之外，可能还是因为它写的是我们的身边事，和读者没有“隔阂”，“修辞立其诚”，说的是真话，讲的是真事，人物也皆鲜明如相熟的邻里。

尤其可贵的是作者能弯下腰走到民众中间，为民众立言，观察直指民心；又能站起身，把自己对所见之思，对所思之忧，振臂呼出。这样的作品才是为报告文学这一文体增德增质之作。

4. 情以物兴和济世以德——《恐惧无爱》中对时代道德精神的报告

2015年，文坛中无法绕过的事件，当是白俄罗斯68岁的作家斯维特拉娜·阿列克谢耶维奇获得诺贝尔文学奖。诺贝尔奖评审委员会认为，她的作品“反映了多种声音，是当代苦难和勇气的一座丰碑”。阿列克谢耶维奇是记者出身，其作品多是纪实性文学作品。由此可见，纪实文学作品受到关注，实是时代之必然。

追根溯源，文学的真实和文学的虚妄之间，多半是作家自己对现实世界的感知和生命经验。

宗教曾一度承担了对众生的教化功能，文学也一直被期待有这样的力量。这种社会期待使我们很久以来一直只重视文学的教化功能而非其审美等其他意义。

一边是作家竭力地写，一边是读者心中如千帆过尽。文字的东西说起来看似不朽，但终究也会朽。作家究竟期待写出什么，读者究竟期待读到什么？我的答案是，在写与读之间，不只是为了让自己成长和让生命更丰厚，不在于以文学娱情，而在于更多地知道相同时间、相同地域、相同文化背景中不同的人在如何生活、生存、思考，他们的境遇，复杂的人性，呈现出命运和生活的多种可能。这才是文学“不朽”的特质之一。

小说作品的可贵之处，在于给读者提供了对人生和世界无限可能的了解途径：发生了的、可能会发生的、活着看不到的、传说中的、从未听闻的。不管作家以何技术手段和言辞来讲述，读者能够会心才最珍贵。让彼心知觉这故事在现实中似有映照，即便没有耳闻目睹，也觉得可靠，觉得书中人、书中事，似曾经历，或者曾是己心向往的传奇，这才是小说的美好。

纪实文学作品和报告文学作品，在特质上是统一的。它们较之小说，是一种相反的、完全严肃的行文状态，时间、地点、发生和结局都被事件本身固定。

文学创作的事实是，在不同的社会环境、时代背景下，涌现出不同的作家和作品。报告文学作家和作品在21世纪大量出现，是时代的召唤和选择，也是部分作家遵从内心从责任与道德出发的选择。选择由他们站出来，记录和表达这个时代。

四十年来，关于社会生活中的很多观念和价值定义，都在发生变化。更多的事件从发生到被记录，都在考量着人心，需要珍贵的勇气，从外部到内在。

时代是必须要被书写和记录的，那么，我们如何书写和记录这个时代？我认为，需要节制个人情绪，客观、冷静，拥有我们年少时所敬佩的英雄义气和为一件事、一句话、一个人而发声的勇气，一切事实皆秉

 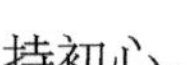

持初心。

如何看待和书写这些时代中的事件，以及承载事件的政治生态环境，是对我们道德和良知的考量。作家的眼光和胸怀，体现于他对事件的阐述基调，对细节的把握，对那些交织在一起的线索的处理，对事件转折的剖析。如何贴近真实地叙述？仅靠经验、洞察力，我以为并不够，将这些事件以文字呈现，所需要的内心力量是复杂的。这种力量在你对报告文学作品的阅读中会显现，这种力量能让不知情的同时代读者和下一个时代不在现场的读者知情，这体现了一部报告文学作品的庄严。

在阿列克谢耶维奇获得诺贝尔文学奖之前，我并不知道甚至也没有听说过这个作家，也没有读过她的作品，如此看来奖项的确有益于传播，但她有这样一句话令我印象深刻：

> 我对那些不被人思考的历史有兴趣，许多人生活在黑暗中，毫无轨迹，一无所有。

读一些书时，偶尔我会放下书想：作者为什么要写它，它的存在给我带来了什么意义？作者是在以文字追求和寻找人群中的共鸣者，还是为了阐发其内心初始的表达欲望，抑或是出于对这个世界和时代的真实触摸而生出的质朴的良知和责任感？

这次我且以何建明作品《恐惧无爱》（四川人民出版社版本）为例分析，让我们将时间转至 2002 年该书诞生之时。《恐惧无爱》这一部作品，意在叩问一代甚至两代人的内心世界：在时代中没有完成的个体的精神成长。

在《恐惧无爱》中，作者在写一个离我们很近——近在身边但又常常是一念之间就会忽略了的真实世界：写我们寻常人的情感状态，难以用物质贫困和缺乏精神信仰解释的、亲人之间的互相伤害，心灵的伤痛。

这部作品的写作时间是2000—2002年，这个时间节点，是改革开放20多年后。一个婴儿若1978年出生，此时正是20多岁，是风华正茂的黄金适婚年纪。若1978年是一个孩子初入小学启蒙心智之始，那这个孩子此时正是三十左右风姿勃发的而立之年。

我们曾经是物质贫乏的经历者，通过父母或上一辈人的讲述和亲身体验，了解到物质的珍贵，很多人因此将过上温饱富裕的物质生活列为人生梦想。《恐惧无爱》在试图探求物质问题解决之后的人性问题，它写的不是浅层次的物质，而是温饱背后的人性。

这些年，我们都是如何评论一部报告文学作品的？我们评论小说，会有多种方式，但总是会不可避免地谈论到技术。在我看来，有时技术之于文学，实在是无意义的，它的存在与否，就像是一团和好的小麦面粉是被做成了馒头还是面包的问题。比较起来，我可能只对谈论面粉本身的成分更有兴趣。我也用这一个观点来看这四十年的报告文学。

以这团小麦面粉为喻，在有用和无用之间，在我看来，小麦本身的成分，比它将以什么形状示人更有迷人之处。

我以此判定，没有任何一部小说可以像报告文学那样，对真实有坚决的追寻。我也因此而判定，有报告文学特质的作品，在被后世的读者看到时，更能处处体察出那些浸润进字里行间的时代气息和现场气息。

在四十年的报告文学创作实践中，何建明创作了四十余部作品，其中很多重要作品的题材和进入题材的方式都不一样，这有一定的探讨意义。《恐惧无爱》是一部特别的书，从作品的内容看，可视为何建明创作中的至情至性之作。

在这一部作品中，国家、大义、理想、发展，这些坚硬的词，从表面上看似乎退到了作者的视线之外。作品中呈现的只是寻常的、普通人的悲情命运。在这个悲情命运之后，是一代普通的、没有受过高等教育并有着优渥生存条件的普通人，其精神世界的生存状况报告。探索与呈现这些人的精神世界，对我们理解这个时代有着不一般的意义。

改革开放改变了很多人的生活条件，但在时代的洪流中，并不是每个人都能跟上，仍有一些在贫困线上挣扎的人。也有一些人，物质富足了，精神世界却颓废了。两者命运同样可叹——发生这样的事情，对个体来说，都是不堪的。

《恐惧无爱》中呈现的人物，都是现实中真正的人，有我们身边人、亲人甚至家人的影子，这是时代之下“人”的命运状态。人物所经历的心灵事件，是那个时代的伤口。真实的状况虽然令人悲伤和不愿面对，但这是完整的时代发展中不可剥离的部分。

书中出现的人物——这些与时代俱在的人，他们和生活环境、欲望之间发生着平衡和较量。这世上，没有什么大恶之人，一些事件的发生也是平淡自然。在常态的生活与时代发展之间，有一些命运多舛之人——在我没有找到更合适的词替代“多舛”之前，且用它定义。

写该作品时，还有一个时间背景，即作者的女儿已由一个婴儿长成为一个少女，十四五岁，豆蔻年华。幼吾幼，以及人之幼，所以作者给本书的自序标题是“为了更多地爱我女儿”。

在序中，作者写到自己曾三次落泪，实际上是四次。在开篇作者提及和女儿在街上看到结婚的花车，想到女儿有一天也将出嫁，不能天天陪在自己身边，不禁潸然泪下。然后写及自己面对新生婴儿的内心感受，为如何给婴儿取一个名字而辗转反侧，天下父母之心皆同。呼唤婴儿的名字时，婴儿对父亲的一笑；用自行车带女儿时，女儿的小腿被自行车轮夹住；女儿放学迟归以为走失，这是作为父亲在女儿成长中的三次落泪。

在文中还有一个细节——自行车，在那个时代，这是北京大多数人出行的工具：

回家的路上，我们三人骑着一辆自行车，那时打的不时兴，再说，也觉得乘出租车的绝不是我们这些人。

这是一个有意味的细节，三人同乘一辆单车，饱含着朴实亲情，带给人美好的感觉和心灵的慰藉。

在当时的年代，即便是在一国之都，打的也并不是时兴之举，自行车才是出行的常用工具。从这一点亦可看出，时代在交通方面的发展是何等迅速，一切发展变化皆转眼之间完成。

《恐惧无爱》一共写了十章，涉及数十个人物的命运。有孤儿院的孩子，街头、车站的流浪儿童，受歧视的女童和残疾儿童，受夫妇伦常和婚姻畸变影响的孩子，父女、母子之间感情扭曲的孩子……书中字里行间无不在叩问着这个社会的正义和良知。

《恐惧无爱》的真挚处在于，书中记述的这些事，就是我们身边的事，读起来虽然举不出特别准确的可以对应的人，但皆如亲历，也曾听说。处处有细节印证的时代痕迹，有鲜明的时代感。《恐惧无爱》如作者的其他作品一样，书中“我见”处皆是取自作家自己所到达过的现场。虽然，在该作品中，有部分主人公为着不需解释的原因被隐去名姓，但可以说，每一个人物我们都似曾见过。作品和读者之间，若需建立起亲切感，那么首先亲切感就来自人物本身。他存在，有这个人，某年，我遇到过如是的人，某地，也有一个人似他。这就好。

作者虽然有宽阔的大视野，但着眼着笔处，总是一些不惊人声色的细节，针一样穿起了全书的人和事。看似顺手拈来，其实是对细节的认真切取。

《恐惧无爱》提出了两个问题：

第一，时代在发展，因它的变动所导致的精神困境比物质困境对人造成的伤害更大，这是无法忽略也必须面对的困局。时代发展必然是一个变动过程，心灵环境、生存环境都因它而发生了变动。

第二，时代和人心需要重新考量。书中的人事，并未存在于宏大的历史或政治事件中，它存在于日常，存在于每个角落、每个人的生活中。它的每一次发生、每一种存在都在考量时代和人心。

该书后记标题为“接受和获取爱是人人应有的权利”，是全书的延伸。面对这些情感世界有残缺和塌陷的人物，他们的背后，有法、有理，有被物质贫穷扭曲的灵魂和物质贫穷导致的处事的极端，也有和物质无关而发生的悲剧。社会、家庭、道德，这些词一直在文中隐现。正是所谓的有所写也有所藏吧，作者只是在庄重铺陈这些事件的始终。

再回到报告文学这个文体本身，若论技术，处理小说、戏剧中人物命运的技法，处理散文、诗歌结构时的收放，都可以用。但实际上，朴实、真正可亲的记述已足以撼动人心和获得尊重。如果每一种文学样式都要被赋予功能的话，有一部报告文学作品为这些人物忠诚言说，把时代的不规整、有缺陷的剖面示于人前，正是这部作品珍贵的品质。

书名为何叫《恐惧无爱》？正确、诚挚、被祝福的爱就可以解决所有问题吗？我看未必。要如何培养当下时代背景下人心中的爱？那需要解决爱的本初是什么。

爱是善，是美，是人生的底气和与不堪境遇或命运抵抗的力量。该书探索的不是表面的人生无常和命运多舛，是这些背后需要我们这些旁观者、我们的社会为之努力和担负的责任和义务。

5. 为民发声的文学样本——由《根本利益》谈报告文学的“旋律”立场

根本是什么，根本是根和本之联袂。根是一切物体之基部，是使其他各部能与之相连的部分，是事物之本源。本是世间水木乃至万物皆有的本源和初始。所以有言：“伐木不自其本，必复生。”推而论之，万事亦同理。所以治事之标，立于治本。又有言：“夫四时阴阳者，万物之根本也。”诚是实言。根本是事物根源和最重要的部分。

而何为利益？这却简单明了，利益就是给我们带来好处的事物。

《根本利益》这本书之中的根本利益是什么，是谁的利益？

中国最大的问题一直是农业，是农村，是农民。

在中国，乡村是一个特定而又特殊的领域，或者说是场地。很长时期以来，农民是生活、劳作于乡村中的人。中国的乡村到底是什么样的？过去十年是什么状态，现在是什么状态，将来的十年它又会是什么状态？我们是否内心都了解？

《根本利益》是一部对农村、农业和农民生活投以关注的作品，是解答和报告如上问题的作品。

在中国，乡村的概念或者说状态是什么？我们中华文明的本质及精粹是农耕文明。我们长期的社会秩序是由无数围绕血缘关系建立而成的小单位，再集聚成大组合。这个小单位是村，大组合是乡，是为乡村。

农耕文明一直曾是我们中华民族的主流。每个民族都有自己的民族血脉特质：蒙古族是游牧民族，他们的文明有着鲜明的游牧传统特点；而希腊有航海文明，航海民族是最勇敢的探险家，利用海路与其他的城市通商。农耕文明显然和这些文明不同，不同的背景衍生出的社会道德观也不同：同样有迁徙，有人口的流动，但呈现出的状态和社会政治制度差异很大。

特定时代背景中的人生价值观总是动态的，受传统道德的培育，更

受具体时代的政体制度和社会环境的影响，这是不容置疑的。

《根本利益》开篇为序，题为“迟了13年的葬礼，留下多少悲伤与深思”。

一部纪实文学，开篇是葬礼，一定会很沉重。我们的国人历来重礼，尤其是在民间，在众多礼数中尤重生死仪式之礼。再卑微如草芥，再贫贱如蝼蚁，也会重这一礼。遵礼是古风，按日择时下葬，是礼，是对逝者的尊重，我国民间历来也有“死者为大”的说法。

《左传·隐公元年》关于葬礼有记：

> 天子七月而葬，同轨毕至；诸侯五月，同盟至；大夫三月，同位至；士逾月，外姻至。

意为：天子若死了，停灵七个月就要下葬，送葬的人来得多，要等天下人都到了；诸侯若死了，五个月就要下葬，这时同盟的诸侯也就都过来了；大夫若死了，三个月下葬，跟他同级别的大夫们要来送葬；士死后一个月下葬，他的姻亲要来祭拜。

彼时交通不便，没有飞机、火车，也没有汽车，那时只能骑马、坐车或者步行，所以人去世之后，等下葬的时间很长。无论在哪个朝代，无论是皇族将相还是百姓臣民，都重视这些仪式。

葬以其道，就是礼。人死不能复生，死了停灵而不葬，没有说法和依据，更有不吉之说。中华民族民风淳良，是礼仪之邦。到了新时期，随着思想的开化，越来越受新风气和西方影响，一些礼数程序大大简化和省略了，皆以让逝者尽快入土为安为上，这是生者对逝者的敬。

《根本利益》序中提到的是什么情况，是什么人？一个人停灵13年才下葬，一定是遇到大事或必有其冤。是什么样的隐情，让一条诉讼之路，走了13年？这不是写作中的所谓技法，也不是小说中的结构谋篇，只是作者在表述的事实。

此序之后，依次为如下六个篇章，所记叙的事件、人物，从如下这些小标题，读者可以管窥一二：

第一章　土窑洞内有垛回音壁

第二章　被践踏的“草帽”必须恢复尊严

第三章　命根子的事怎能漠视

第四章　寸土必争是本色

第五章　将心比心才是真

第六章　干裂的心田需要滋润

《根本利益》到底是一部怎样的作品？很多人可能翻了几段就有定论：这是一部给某个人立传、给某个群体树形象的主旋律作品。

“主旋律”写什么，怎么写，也许你不用看书就知道。

对于报告文学，“主旋律”一词是否已经给所有纪实类写作定了调？对于报告文学作品本身，到底是如何解释“主旋律”这个词的？

谈到“主旋律”这个词，我们总是不自觉地给它附加一些理解和意义。

一是来自直观感受与直觉。一个时代自有其政治、经济、文化背景，也必有其对文化的特殊诉求。很多时候，确实一提到“主旋律”，一提到建设中国特色社会主义理论、路线、方针，就觉得这些理论、概念和个人生活距离遥遥，对于普通百姓和普通生活，这些词实在有些远。

二是它和我们常识中的文学观念不相和。在我们所受的教育或是常识中，总是趋于认同真正的文学需要远离政治，甚至要去国家化、民族化、地域化，这才是真正的、得人心的文学。爱国主义、集体主义、社会主义，这只是某个时代特定的思想和精神背景。而文学是跨时间、空间的存在。

在这两种认知的渗透中，很多人的观念是：一切有利于国家和社会建设的思想和精神；有利于民族团结、社会进步、人民幸福的思想和精神；用诚实劳动争取美好生活的思想和精神，都是作为政治理论存在的，而非存在于日常关系，具体于个体生民。一部作品，一旦被贴上“主旋律”标识，就是政治的“宣传品”了。那么，导致的结果就是读者觉得读这样的作品，无形中就是在“接受教育”，接受某种理论。

若说有真正意义的读书行为，应是自发、自觉之举，那么读一本有特定思想标识的书，必然无趣。这应是很大一部分人对“主旋律”作品有成见的由来。

这半年，在和一些师友潜下心来探究有关报告文学作品的话题时，我们曾就“主旋律”作品，交换过很多各自心里的看法。虽然我的看法不一定准确和客观，但基本忠于我阅读时的直觉感受，以及可以了解到的读者的反应。

这个谈论，也是有前提的：我一向相信，每一个能自动、自发拿起书本的人，除出于个人兴趣和喜爱外，都自有一颗强烈的观世的心灵。在书中，他们自会寻到自己心灵的映射，有自己的收获与感怀。通过读书而观世，也一直是很多人认为读书有益的理由之一。

时代选择自己的文学，是时代的权利；一个作家为这个时代留下什么样的作品，是一个作家的心灵德行。在当世，目前的时代环境中，一个没有家国意识、没有忧患意识的作家，是不可能成为好的报告文学作家的。

在一个作家的写作视阈中，人类普遍的情感、人与人之间的矛盾、男女、童年、乡土、幽微的人性与复杂的成长……把这些写成小说、童话抑或科幻，是作家个人的选择。过去的历史、未来、现今存在的一切，可想象与不可想象的一切，都是作者的领地，作者的笔能触及一切。然而，你不能断言，所有这些可以一尘不染地独立于时代和生活而存在，与“主旋律”不相关。它们只是向前的路径和呈现方式有别罢了。

报告文学作家——如果这个时代的文学并无对报告文学秉持太深成见，也是走在写作之路上的前行者。太看重政治因素或不看重，在作品中去除这些或不去除这些，都不是作品是否伟大的唯一理由。

空谈无益，只谈理想和现状也无益。每一个时代都有其政体，只要社会和人类的文明科技程度，还没发达到可以让国家机器完全不存在而社会也运转良好，那么，这个时代和社会就会有它自己的国情、民情及精神意识。这个精神中有政治、经济也有文化。我们在谈论一些作品时去除一切外部因素，只把所有关于文学的完美理想或理论附加其上，这在前后几百年内都难找到实例。

作为一个古老的农业大国，文化的真正核心在农村，是我们众多的农民父老，而不是那些少数的精英。文学的另一特质是永无全部或各方认可的完美。也许一件已完成的作品，不符合某些人的理想，但毕竟需要有一个先驱者，抵达这个核心并将其呈现出来。哪怕这种呈现，具有“美德持有者”和“文学精神之洁癖”的人所不容的缺陷。但作者能站出来，为一个问题或人群生存的现状发声，不管以什么视角切入，我认为都有超越文学或还原文学本质所应有的，为社会进步、人类生存舒适度而努力的意义。这也是《根本利益》的价值所在。

前面已提及，《根本利益》除前面的序，内容共分六章。其中涉及的人物也较多，被争议的则是贯穿这些章节事件中的人，一个姓梁名雨润的人。他的身份是共产党员，工作单位在纪委。有人认为写这样一个人，是为其树碑立传。

这其中有一个小插曲。我读《根本利益》时正参加一个会议，我带了这本书过去，会议开始前正好可以读一会儿。当时我身边坐了两位同人，问候间谈到我手里正读的这本书。

那天开完会，我就一直在思考一个问题：为什么大家在谈读书时，一谈到是写某个党员的，是报告文学，就觉得“肯定是些大理论”或“又是写谁的表扬稿”，为什么会有这些下意识的反应？这些反应又从何而来？我对这些问题的思考也是断续地、陆续地，我会尝试在后面章节中对这些问题继续思考、梳理。

这件事使我也产生了两个疑问：

一是为什么我们的党员形象，再没有鲜明的精神修养标识了？

二是难道党员和民众已疏远到连彼此提名道姓都陌生了？

可以确定，我们上层某些党员个体确实没有做到让普通的民众赞赏、理解和接受他们的亲民。

由此，反观我们部分报告文学作家的写作，报告文学作品在官方与民间为什么有不一样的形象，这一问题也有了出处。报告文学的写作和社会对报告文学的要求并不对称，这一文体的实践出现了问题。

以上问题的存在，使很多读者难以真正地去掉这些客观认识和“先见”的框框，从而单纯地搬一张凳子，坐到一本书前，静静地读一本书。所以，在作者和读者之间，是有心灵的“隔栏”的。

《根本利益》这部书，单看书名在讲述什么仿佛已是一目了然，但读过之后，你才会觉得这了然中是加了偏见的。通过读这部作品，我也在反思，是什么使社会和读者对报告文学作品有这些直觉的、先入为主的认识？有人认为这种利益即使有，也是和自己无关的。但我恰恰以为，关注农民、关注农业，才是考察和叩问我们这个社会是否有良知的关键。

如果一个报告文学作家的写作生涯中，没触及、关注农民疾苦、农民生活的作品，那我一定替他感到遗憾。

《根本利益》所触摸到的农民生活和农村景象，是让人心酸的。

这种让人心酸的真实，让我觉得我坐在这里轻松地谈论这部书，都是一种轻佻，是羞耻；我甚至为我平时在生活中的状态而羞愧——在早上，我常会为穿哪一件衣服踌躇，会为在杯子里放什么茶而挑选。可是，在《根本利益》里，在他们那儿，天凉了是连一床厚些的被子也没有的，是那么贫困苍白的农村；是房子小得儿子三十多岁了，还要和母亲挤在一铺炕上同睡的农家，是这样的生活情境。

“身上衣裳口中食”“心忧炭贱愿天寒”“脚上没有鞋和袜，身上也无衣和衫”这些句子里的字，我们可能都认得，但是否会在看到这些字时，停伫一下，慢慢地体会一会儿这其中的同样为人者的人生境地与滋味呢？我真为此羞愧。

《根本利益》里的人物境遇是如此让人揪心：因为自身贫困和没有受到完善教育，他们常常自觉低人一等，碰到那些富一点的、有一点势力而没有一点德行的人，他们常常在生活里被欺骗、欺辱、欺负。这些深深的痛苦和悲愤，我无法替他们表达出一二。

作者认识《根本利益》的主人公梁雨润也属偶然，就如认识《永远的红树林》一文的主人公梁言顺一样，纯属无心之遇。梁雨润是一个为他人的生活境地而忧苦的人，他是无数这样的好人中的一个。

在现在的农村，由于改革开放分产制，基层组织是疏散的，人与人之间的温情也在变淡。在这种情形下，如果再没有梁雨润这样的一个人，一个有点“官”的人站出来替普通生民言说，那他们的生活将更加不堪，他们的心将更无依托，世态也将更显得薄凉。

这个人，是真人；这些事，是真事。如果没有这样一个人，对于那些没有向上言说渠道的生民，心里的冤屈，将无处诉，直到积压到他们再也承受不住。

报告文学写一写这样的一些人、一些事，是有意义的，否则，这个时代也太“功利”了。

对报告文学不能只要求其功能，而在谈论时又不去除“偏见”。事

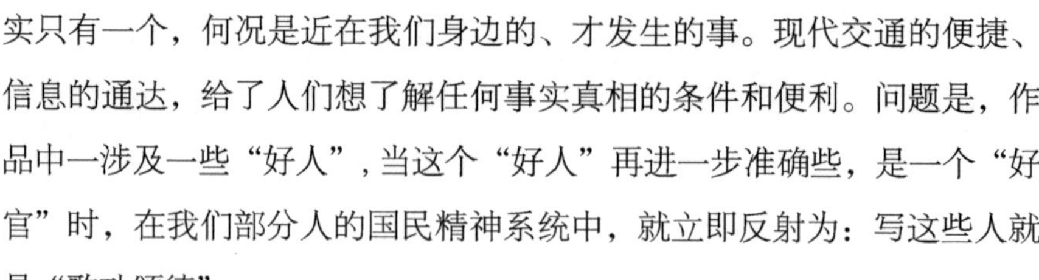

实只有一个，何况是近在我们身边的、才发生的事。现代交通的便捷、信息的通达，给了人们想了解任何事实真相的条件和便利。问题是，作品中一涉及一些“好人”，当这个“好人”再进一步准确些，是一个“好官”时，在我们部分人的国民精神系统中，就立即反射为：写这些人就是“歌功颂德”。

为什么会产生这种认识“偏见”，如何理解和解决这种“偏见”呢？

如果一个人，真的为下层百姓做了好事，我理解为他是做好了本职工作，“当官不为民做主，不如回家卖红薯”。既为本职，是没什么可多讲、多颂或立传的。但是，你会不会想要是这社会中的每一个人都这样那该多好，会不会希望这样的人越来越多？从这个角度梳理，对于在一部作品中写到这样的人物，我认为可以视其为对一种精神的书面认定，是一种对理想生活状态和经济需求保障的呼唤。

呼唤更多“这样的人”和“这样有官职的人”出现在我们身边，使那些世居乡村、担负着繁重农耕工作的父老有所依赖，这才是这部作品的价值所在。我们需要实现这些诉求，而非温饱无忧时高坐在华屋美室中，妄谈是歌颂谁还是批判谁。

因此，在评论一件事、读一部作品时，要看到它的终极精神指向，不要在一些细节里求证立场——妄谈一部作品是为民立命还是为个人立传。

是歌颂还是批判，并不是文学的主体意识。在文学中，体现我们的生活所希望抵达的方向，这并不是文学的功利，而是文学有时也必须考虑生之所需与生之所惑。

将彼心，换我心，始得相知深。我们一直称呼的“农民兄弟”，只是在我们需要“米粮”果腹之时才称其为兄弟吗？这个词，意味深长。我们这些站在“高楼”里不事农耕的人，真的将农民视为兄弟，视为共和国一母所生的兄弟吗？

我认为，探讨报告文学的精神指征，细究一个报告文学作家在一部作品中到底是对现实的批判，还是对实现的歌颂，并无太大现实意义。

“得人心者得天下”，用于报告文学写作，当是“得读者心者，方得写作之真元”。怎样才能得读者心？即写他们关心的事，替他们言说、提问，成为他们的精神依靠。

在写作中，进入事件的视角和方位，源于作家自己的写作经验和习惯；对于读者，进入一本书的内容，起作用的是自己既定的眼光和心怀。在这部作品中，我们在通过梁雨润这个人物来看所有事件，也在通过那个 13 年没有将儿子安葬的母亲的眼睛来看事件，可以说是双重视角。

这是一个什么样的时代？我们的生活是什么样子？

我们的社会秩序和政体，我们的国家，每天都在发生什么？

如果你觉得政治远而神秘，那么我们谈经济，经济涉及每个人生活的方方面面，涉及财富。这个社会，真正的财富在哪里，由谁创造？

科技只是提高了生产力，真正的财富本源还在土地，在诚实的劳动。

我们如何对待农民，看待农村？

回到《根本利益》作品本身，回到对作者写作立场的探讨。作者在写作时，难免被谈论到个体精神“立场”（或曰“阶级立场”或“旋律立场”）和他的“写作视角”。这些谈论，对于解析作品是有益的，作品是作者在一段时期内的心灵思考和对现实生活的观察相互碰撞后产生的——作家是一部作品精神上的父亲，也是孕育它的母亲，是作品的当事人，也是作品的一个旁观者。他站在高处还是远方，是面对面还是日夜耳鬓厮磨？所处的身份和角度不同，看到的情况必会有些不同，比如顺序，先看到的一面和后看到的一面。

一部作品，总是上述这些的综合。

我一直在说我对报告文学的认识——事实只有一个，无论从哪一面看，最后通达之处是统一的。

写这些文字时，宋朝诗人李纲的诗《病牛》总在我心头萦绕：

> 耕犁千亩实千箱，力尽筋疲谁复伤？
> 但得众生皆得饱，不辞羸病卧残阳。

这一头牛的形象，像极我们那些终生躬耕陇亩的亲人。愿我们每一个人，都拥有这样的勤勉和济世的心怀。

《历史哲学》中说："国家是现实存在的实现了的道德生活。"这句话值得每一个人掩卷而思。

6. 须将轻骑逐——从《永远的红树林》谈报告文学对社会问题的担当和介入

标题中的"轻骑"我意指报告文学，在千军万马的文艺形态、文学形态之间，以此比喻它是公道的，也是名副其实的。

《永远的红树林》发表于2004年7月9日的《光明日报》头版和二版，这是报告文学史上前所未有的。有学者说，《永远的红树林》是中国报告文学史上的"重要事件"，因为在这之前，从未有过将明确标有"报告文学"文体的文学作品在中央级报纸第一版上刊发的先例。即使曾上过《人民日报》头版头条的《谁是最可爱的人》，当年也是以"新闻特写"名义来发表的。《永远的红树林》作为报告文学，是21世纪初的一个标志性文学事件。

文学的中心，近三四十年来或近百年来，几乎全被小说所占据，所有其他文体皆被推至边缘，这是真实的文学现状。

新闻 首页>首页 > 光明日报
news.gmw.cn

报告文学：永远的红树林

2004-07-09 来源：光明日报 作者:何建明 我有话说

编者按

今天，本报以较大的篇幅刊登报告文学《永远的红树林》，介绍青年学者梁言顺和他的“低代价经济增长理论”探索。

科学发展观，是以胡锦涛同志为总书记的党中央从新世

纪新阶段党和国家事业发展全局出发提出的重大战略思想。牢固树立和全面落实科学发展观，迫切需要广大哲学社会科学工作者以高度的历史使命感，理论联系实际，积极探索，勇于创新，快出成果，多出成果。如何在全面建设小康社会的伟大进程中繁荣和发展哲学社会科学，《永远的红树林》将带给我们启示。

一

那是什么 远处的一条江河入海处,生长着一片茂密的小树林,郁郁葱葱,生机盎然。

“这是红树林。你折一根看看它们的心,红的吧！它因此得名红树林。别的地方不会有的,红树林只能生长在海陆交界处、海岸低潮线和高潮线之间,大多集中在淡水和海水交汇的

也许正是这样一个局面，促成我对报告文学的这一次阅读和分析——以我之微薄，本无此力量，这只是一次不自量的有感而谈和遵命而谈。

从这四十年来看，报告文学的兴衰存废，与时代环境所号召、引领并潜移默化浸透于个体世界的精神有关。

我们先来探讨，一部耐读的书要具有怎样的品质。

报告文学与小说相比，在于更具有史实性，是比小说更严肃的存在。报告文学要求一字一句，丁是丁，卯是卯。这决定了报告文学作者必须要对自己外部的一切有着热恋般的热情，有冷静的洞察力并主动了解，与外部世界随时建立联系，随时被“热恋对象”召唤而赴约，然后至真至诚地进行书写。

有哪一部作品最后能被众生之心安放于文坛之上，又能同时抵达这一时代的人心？

以上的前提条件，我想在目前的中国当前时代，是谈论、探讨每一种文学样式存在状况和发展的必然之基。

报告文学在近四十年（如果以 1976 为一个时间端点的话），和其他文学样式一样，出现了一批无法被“文学史”或时代发展史忽略的作品，虽然没有如小说那样，被有“文学史”视界的人所关注、梳理，但它的光华仍然难掩。

何建明的创作，是对于这个时代、社会、国家的种种界面以“文学”介入，全力全情地发声，他的作品因此具有别样的风格和雄伟的胸襟。

在此，我选《永远的红树林》一文来谈报告文学创作对社会问题的担当和介入。

在何建明的作品中，很多作品都综合了很多品质，而每一篇中的特点也并不是单一呈现的，我只是选一篇谈一面，这只是我选的一种简单的可以把我的谈论分成章节的方式。我通常在阅读之后进行分析，从一篇的诸多面中拎出直觉中比较鲜明的一面，进而谈论。所以，我也在期待着诸位阅读的耐心。

价值观不一样，渴望读到的文章会也不一样。

贫困的人，希望在书中看到财富和梦想如何到来；

失恋的人，希望在书里看到世上失恋的人何其多，以此打发掉一个人和一段时间；

有些人，在书中寻求精神的知己，解人生之惑，得到心灵慰藉，了解自己感兴趣的学科知识。

世上有各种各样的人，自有各种书来与之匹配并结缘。

在我看来，是否能有所用，令人心为之所动，才是判别一篇文章是否好和有价值的最朴实的标准，我也以此标准来评判报告文学作品。

《永远的红树林》初发于 2004 年 7 月 9 日的《光明日报》，此文写于《北京保卫战》之后一年，是何建明报告文学写作经验更臻成熟之作。从《共和国告急》《落泪是金》《部长与国家》《中国高考报告》《根本利益》一系列文章，再到这篇写于2004年五一劳动节假期的《永远的红树林》，何建明的报告文学创作视阈日臻宽远辽阔。

这些作品每一部都呈现出新的省思和自我突破。

至2004年，我们可以看到，何建明的创作视线已经触及整个外部世界——各领域、各层面，甚至各阶级。这体现了一个报告文学作家最为优秀的品质，即思想力和价值情怀与襟怀交融，从自动、自发到自觉，而且是正知、正觉，先知、先觉，他在不停地用良心和责任关注和校正驱动这个社会机器良性运转的所有部件。

从这一时期出现的报告文学作品来看，正是这种来自单一个体、甚至是卑弱的努力，让报告文学在这个越来越无法将精神区隔于物化和媒体化、充满规则和秩序的社会，日渐成为新的精神领域——这是无数前辈报告文学作家和有文学史以来一大批有报告文学特质的作品共同的实践与积淀。

这一阶段的报告文学写作，远远脱离了其他文学样式单纯地对个体经验呈现的书写，热情地关注集体、国家，关注整个外部世界。

历史不应淹没每个为时代某一件事物的发展与进步而努力的人。因此，这成为我们在文坛一隅稍微研究、讨论报告文学的小小理由。

作家如何通过作品表达自己的精神趣味？

一个作家所建立和实践的创作题材领域，只是展现了他的思想宽度。而他在作品中反映出的精神价值指向，内心的人文关怀，看世、解世的客观态度，内心悲悯的人文情怀，才最后成就他作品的精神高度。这个宽度和高度放在一起，使作品的精神指征有了容积。

我们的文学理论界有一个传统，常撷取些西方文学理论概念或对作品的定义来分析中国的文学。我反对套用各种观点概念对一篇文学作品进行

过度解读和附会。

报告文学作品讲究什么？讲究现场发声的速度。发文如发兵，烽火起处一支轻骑旋即而至，比隔了年整装而发的百万兵马更慰人心。这当然也是我本节标题采用“欲将轻骑逐”的意义。

我们所处的文学时代，很多文学作品都在迎合人性的弱点，如虚荣、功利、无限娱乐；不用思考和学习而了解知识；缺乏对文化的自觉学习和亲密感。每个人都觉得这世界的问题与我无关，抱有我只需享有这社会发展的福利即可的心态，在这样一种文学态势下，越发显出何建明的作品中珍贵的自省和良知。

《永远的红树林》刊发后，新华社率先进行转发，中央人民广播电台当天也进行了摘发，紧跟着全国多家媒体转载。

该文的主人公青年学者梁言顺的“低代价经济增长理论”，引起社会各界高度关注，由此可见文字为社会问题发声的力量。同时，也再次体现出何建明作为一个作家，对题材捕捉的敏锐度和其思想的维度。

报告文学是朴素的文学，在《永远的红树林》中，文字也是简单质朴的。我在谈论时，对文字提及的并不广泛、全面，也不会具体分析章节段落，我只是尽可能多地呈现我在阅读中得到的启示和感受。我的思绪经常随行文而动，可能呈碎片状，这是我的弱点。同时，我觉得在阅读中，文章使我们的思绪延伸出的那部分，是一个作品给予读者的宝贵的馈赠。

《永远的红树林》发表后，《光明日报》有一篇对作者的采访，我摘录部分对话于此：

……

记者：听说你是在五一期间写作《永远的红树林》的？

何建明：……今年五一，我又（这个又是针对作家之前写的另一部作品主人公梁雨润也姓梁而言）遇见了梁言顺，一位哲学社会科学青年学者，他又使我不得不放下五一与家人早已安排好的休假计划，埋头在采访和写作之中。

记者：我阅读《永远的红树林》，马上感受到它的重要现实意义。我甚至不把它看作是文学作品，因为它的作用已经超出了文学的疆界。这么快就把这么重大的主题抓住了，你是怎么做到的？

何建明：我始终认为，一个优秀的报告文学作家，应该具有政治家、思想家和社会学家的头脑。写作时要调动自己的各种能力，包括知识储备、自己对某方面问题的关注与研究。在《永远的红树林》中，有我对发展代价问题的理解和感受，在此基础上再去阅读梁言顺的理论著作，采访他和他的导师。我看到了一个年轻学者满头大汗的探索形象，感到了那个理论世界里的五彩缤纷，寻觅到文学创作的喜悦。

记者：逻辑思维是比较枯燥的，而且艰深难懂。这回写梁言顺和他的理论探索，是否感到很难？

何建明：很难。但我又感到一种创作的兴奋——我不得不去一个我并不熟悉的领域走一趟了。“代价”是一个沉重的话题，关系到中国未来的发展，也关系到我们时下的生活质量和子孙后代。我因此激动和认真起来，要求自己尽快完成采访和写作，因为社会发展已经进入快速道，“代价”问题必须引起人们的高度重视，越早让大家理解它的深意越好。

我们多少年都在努力争取GDP的高速发展，这本身并没有错，发展是硬道理。但靠什么发展，用什么样的速度发展，以怎样的代价发展，过去在全世界都没有引起应有的注意。都说资本积累的初级阶段允许各式各样的发展模式，但中国是一个资源紧缺、人口众多的国家，我们的发展必须从国情出发。

……

从这一问一答中，我们感知何建明作为一个报告文学作家，他在思考的问题：一些大的、长远的问题。对于问题不回避、抱怨和指责，选择面对和寻求解决方法，这才是一个真正有良知的报告文学作家的态度。

从这一部作品中，在何建明身上我们欣喜地看到一个报告文学作家一听到战鼓响起就奔赴疆场的战士精神。有人说这样一个大问题，不是一天、一年就可以解决的，这个高深理论，迟一天早一天关注都可以。我不欣赏这样的态度。没有在第一时间赶赴问题和事件现场的作家，写不出好的报告文学作品，这是何建明给予所有同行的启示。

在本书附录的创作年谱中，我们可以看到这些现场标识：

汶川地震，三峡建设与搬迁，“非典”现场，撤侨行动……这些事件中，都有何建明的身影和纸笔。

在我看来，一些珍贵的品质和习惯，成就了一位优秀的报告文学作家：对一切事件保持新鲜、敏锐的感知、捕捉和警醒；有听到、看到、闻到、觉察到的能力，然后像豹子一样迅捷地赶到；能驾驭现场，而且尺度八方，贯穿事件、人物的上下左右和前后内外；稳重笃诚，一字一行虔敬地书写。

一个报告文学作家是怎样成长的，一部优秀的作品是怎样出现的？只拥有才华还不够，只具有信心和毅力也不够，还要有不辞劳苦、赶抓时间和现场的朴实精神。在《永远的红树林》里，我们看到了令人尊敬的写作姿态。

《永远的红树林》中谈论的“低代价经济增长理论”是指：

> 一个不计成本和代价的经济模式，肯定是个不完善的经济模式。一个不懂得计算成本和代价的经济理论肯定是个存在缺陷的理论。一个民族和国家如果不明晰自己在发展中曾经和正在付出的代价，那就不是一个成熟的国家和民族。

对于发展中的中国，甚至整个人类来说，确实到了必须警示自己的时候了。

我们用事实来谈论和印证科学发展观理论。

我们都曾见过生长在大海与大陆之间的红树林，这是我们的自然环境。在追求经济“多、快、好、省”发展的时候，我们是否了解我们付出的代价？环境是我们的生存之根，自然是我们的衣食父母，总向自然索取，它会枯竭，我们要回之以爱，要懂得珍惜和保护。

为什么这部作品有不同寻常的意义，能引起四方关注？从这篇文章发表到现在，已是12年过去了，人类越来越感到环境保护和经济增长之间、当前生活和未来生存质量之间的重要关系，环境问题日益突出和明显。

我们也再次看到何建明在其一系列作品中看问题的深远和前瞻精神，以及他作品中重要的思想精神内核。他对社会问题的思考和先见、先察与先觉，决定了他作品中艺术思想的高度。

我们常说：国家兴亡，匹夫有责。在和平年代，就不需要为国家兴亡负责吗？虽然不是必须要马革裹尸战死沙场，但起码要有社会的良知、人的良知，在看到问题时能振臂而呼，继而寻求解决方案，为苍生大众而非一己之私牟利，这也是实现了“匹夫有责”。

在写作中，要把枯燥的理论讲清楚，是对作家很大的考验和修炼。让理论之门外面的人，能通过讲述进得门来；进来了，能坐得下；坐下了，能听一会；听一会，能听懂，并且看到这理论和他每一天平凡具体的生活有相关处。这要求作者有用文字解“事”的能力，也要有用文字解“情”的能力，更要有用文字解“理”的能力，三者浑然天成，方可驾驭报告文学这一文体。

《永远的红树林》除了把主人公宽远的关注事件的边界又推远了一程之外，作者还提供了新的对“解理”的探索，为使报告文学创作有更多的

“可能”和“可以”提供了一次探索和实践。

掰开饽饽数馅，一度是最简单、最朴素的说理途径。从最小的身边事讲，从最小的道理讲，我坚信：

> 真正的理论不是空洞无物之文，它是实实在在的。只有在铁铸的事实面前，新的理论才会被普遍地接受和认识。

理论必须讲清楚，讲到各层都懂，尤其是上层的领导都能懂。因为这关系到每一个百姓的具体生活，关系子孙后代，关系人类的发展和地球的存亡。这样的道理也不遥远，就在此时、身边，我们看得到，摸得着。

在 2004 年，环境污染应该还不是一个家喻户晓、老幼皆知的词。在追求经济迅猛发展的 2004 年，经济建设机器正开足马力向前，还没有匀出力量顾得及低头沉思，思考那些今天早已被摆上重要议程的环境污染和自然资源浪费问题。

在当时，经济增长的代价已经非常明显：工业排放造成的水污染、大气污染、固体废弃物污染、噪声污染；大片的森林、草地、海洋江河被毁；大量物种消失；土地沙化与减少；水资源、矿产资源的人为浪费和损失；污染对人体健康造成的危害，使医疗成本、人力资本大幅增加。仅水污染一项，就造成工业、农业、畜牧业和渔业等产业全面遭受损失，民众的身体健康也受到影响。

如果经济的发展要以这样的损失和付出为代价，这样的发展必须反思。仅反思还不够，还要寻找解决途径。

一篇文学作品承担不了解决问题的重任，但它能以自己的方式向社会、向政府、向更多更广的层面提出问题，这是它力所能及的担当。

不知道诸位有没有注意到一个细节，《永远的红树林》这个标题是另一种风格，不是何建明其他创作中常见的“根本利益”“国家”这类大的名词、概念，而是温柔的，甚至是温暖的、柔媚的，有色彩，有对时间长度的期待——以生于自然的江海之岸的红树林之名，写一个发展中的宏观悠远的理论问题。

红树林是一种象征：作为陆地与海洋交界地带的特殊生态系统，它根系发达，在陆地、海水中都能生长。它是陆地的保护神，无论有多大的风暴、潮流，只要有红树林的地方，海堤就不易冲垮。它是天然的消浪带，是海岸防护林体系的首选防线。三春树木，一派蓬勃生机，用它作标题也是一种预示和祝福吧。

7. 重要时代人物进入历史的方式——由《我们可以称他为伟人》析“正面书写”与“应时而动”引发的非议

为一些时代人物、事件立传，是文学的传统。有很多人物不只是依凭历史记录流传，也依凭文学作品等传播途径广为人知。

对一些时代风云人物而言，其世界观和人生观是他所生存的时代赋予的，这是自然人和时代最紧密的联动内容之一。国家作为社会最庞大、最精确、最全能的机器，在每一个时代都有其特定的形象。这个形象的确立，需要制度、文化、语言的传播与认同。而民众信仰、价值观的培育土壤，需要良好的社会生态环境和经济环境，是一个默默牵引而生的自觉和自发的过程。

共和国在发展中，一直没有停止对经济和意识形态问题的探索和努力。任何形式的文学、艺术，任何作家的任何一部作品，在写作中都或深或浅地透露着作者生活的时代气息。

文学史所呈现的事实是：任何一部作品，都难以脱离它的时代环境而存在，每一个作品背后，都是一个具体的社会环境状态、制度和意识。放在任何时空中，文学作品都在很大程度上反映着当时的社会状况、政治经济文化结构，汇集了一个民族生活里可以作为史料的部分内容。

任何沉浸于个人经验的叙述，也会沾染和沉浸时代韵味，只是当事者

当时并不一定知觉。完全脱离时代环境、语境的写作，是不存在的，包括科幻——一代人有一代人的科幻，一代科幻有一代科幻的形态。

吴仁宝在中国当代曾是一个家喻户晓的名字。最初，他也只是一个普通的与村人朝夕相见的男性农民。

在中国当代，农民实在是一种让人心疼的身份：是一个社会及众多“劳心者”的衣食父母，做着最辛苦、最有社会价值的工作——种植，这种工作本身，是为给生命提供最基本的养分而存在的。它是任何时代人的生命供养链的最初始一链，在它之后才产生加工工业、销售业，再进入流通。这是一种基本而重要的劳动，但收入与链上其他环节有着天壤之别。这个差别直接影响农民的生活与生存质量。

这种差别在 21 世纪以来的体现是：数以千万计的传统村庄的消失和农业人口从农村向城市涌入的现状。中国社会在发展中，一直也在重视并致力于给这一环节以足够的反哺和供养，这一问题在 21 世纪尤其得到关注。

农民生存现状问题，是考量国家和时代的道德和良心的问题。

吴仁宝就是在这样的历史状态下的一个人物。他具体是一个什么样的人？可以选几个词来概括他，依次应为：农民，村支部书记，县委书记，农民党员。有这样身份的人，实在太多、太普通了。

吴仁宝的特别之处，在于他个人和他所带领的村民，对富裕的追求和梦想。

吴仁宝是一个史学家，一个经济学家，一个乡村问题研究者。无论以怎样的视阈、方法写时代发展史，只要写到中国农村史和农民史，吴仁宝都是无法绕过和忽略的名字。

报告文学的职责是作为时代书写和记录的载体，对于这样的一个人，必不会将他漏过。何建明作为一个有慧眼慧心的报告文学作家，对人物更是有着敏锐的觉察和审视，所以，有了这部《我们可以称他为伟人》。

这部作品，不是跟风而动，而是应时而动。它也不是吹捧，而是因为这个人值得进入历史和文学。

我一直想探讨大众心理对“正面人物”的感觉和感情。“正面人物”的原意，是指文学艺术作品中代表进步的、被肯定的人物。

所谓正面，一般指物、人主要使用的一面，跟外界接触的一面。如衣服要正面向外穿，镜子正面才可照人。

与正面相对的是反面，自然正面向外是好的、积极的范畴，如正面教育、正面意见，或说正面提意见，这个正面提有面对面的坦率和直陈意味。

建筑物临街、临水、朝阳的一面，是其正面。大门主要向南开，次而向东开，故南、东皆为正面，因为这样朝向阳光，有明亮和温暖。少见有正房、正屋向北、向西开门的，没有一个建筑物会有正面向山自己挡住太阳的建法，这有悖常识、常情和常理。

人体前部所向一面，是正面，因为脸在这面，眼睛在这面，不在背面。

……

以上所说的“正面”，都是好的事物，可在生活中，只要一提及正面，很多人的反应却是怀疑的、抗拒的、反感的。觉得只要言及正面，就是被赋予了某种功能，就不是真实的，就有虚空、教化之意。

这个意识的存在，在很大程度上影响着部分人的阅读心理，以及评论家的评论心理，这也是报告文学不被待见的原因之一。因为，有些报告文学所涉人物不可避免地会以正面形象出现。这样的正面人物，读者似乎不用看，就已判明并知道这人物、事件的结果如何，不需要心神再去领会和了解。

因为这“正面”总是没有人性的复杂；总是在既定尺度内的；总是有“功能性”的；总是正而高、大、明、暖的。而普通人的人生难免是曲折的、幽暗的、混乱的，状微小而味生涩，形暗浊而质清贫，境困顿而时多长。人性总是更易于接受与自己心理、外在形迹相近的人和事，不知是否也出于这种心理因素。

以我在民间、坊间的观察，对于吴仁宝，一些温饱无忧的知识分子似乎对他并不抱有热情和喜爱。究其缘由，综合起来大致如下：

一是这位主人公太讲“利益”了，是功利者，有商人的气息。

二是农民的朴实厚道、背朝天劳作不言不语的形象被他改变了，他成了商人，而我们大部分人不喜欢商人。

三是他出入各种场合，每次出场都西装革履很有架势，但那不是农民的样子。

四是他太机智、敏感和强大了，他是无数媒体书写的对象，他太喜欢“宣传”自己了，默默无闻的美德没有了。

五是他太会逐潮流了，他天天谈党、谈政治，他太“政治”化。

……

我认为，吴仁宝在这个时代，是在灯光闪亮处站着的，是被集中评论的。对吴仁宝的了解来自何处，不了解又从何说起？所谓的了解，都存在一种认识上的先入为主。

让我们走近真实的吴仁宝，看看这些对他的书写，哪一种更真实。

关于“真实”，我们一直有很多认识，也一直在“报告文学”这个容器里谈论着“真实”。

哪怕是自命为最贴近的“心灵书写”，既为书写，从“心”到“写”再到“书”，这个过程，也是与原心灵有距离的，有了“写”的成分——

不是所有的词，它的意义和被表达的对象之间都能做到服帖如一。

我相信，对一个人的了解是艰难的，人的一生很长，对一个人的印象，会因为所在的角度和距离位置产生很多不同的认知。可是，若真要对一个人发表“评说”和“议论”，如果没有真正近距离地交往过或面对过，那印象往往不会中肯。只是从听闻和传言中获得的印象，也往往会和本真有距离。

还是以吴仁宝为例吧，我对这个人物的了解，基本都来自于民间传言和媒体。从他身上发生的很多事，从他的一些言谈中，我们必须要承认，我们曾经被这个人物打动过。在某一刹那或很长时间内，人们都或多或少地听闻过他，知道他，感受到他的形象的鲜明和不同。

吴仁宝一生到底做了哪些事？他起码给过很多人，至少是一个村子的人，生活的幸福和安定感：居有其所，衣食无忧，有事做，有饱暖，病有所医，老有所养，幼有所教，仓中有余粮，囊中有余钱，劳作得报酬和休息，这是一代人在很长一段时期内，最普通的对美好幸福生活的定义。在他那儿，在他所在的“村”全部实现了。

仅这一点，就值得为吴仁宝点赞。

这些年，有很多媒体也在点滴或断续地写吴仁宝，华西村的现实给予这个时代启示和先导意义，这是一个现实或可说是思想形态。何建明写吴仁宝的意义在于以一己之力推动和鼓励每个公民、每个“村”单位，所有对美好幸福生活的梦想，皆有实现的可能。

吴仁宝和华西村是每一个报告文学作家都无法绕过的题材。这一篇作品的动人之处说也平常，我以为概括起来只是平常的三个字——得人心。这是作者在敏锐的观察力之外的另一项修炼——来自经验和对人性至深至微处的了解和懂得。没有这项修炼，写出的作品里就没有人性的温度。写作，也要写的“得人心”。如何在每一个题材和事件里得人心？尤其在觉得“不好写”“人人都在写”的人物身上，更难实践。

王国维在《人间词话》中说：

> 对宇宙人生，须入乎其内，又须出乎其外。入乎其内，故能写之。出乎其外，故能观之。入乎其内，故有生气。出乎其外，故有高致。美成能入而不能出。

此处说的是诗人。但我认为，写字的人都应如此，一个报告文学作家，没有这个功力，写作之路同样艰难。

报告文学作品曾是我阅读时很少触及的部分。社会学家、历史学家、哲学家、经济学家都在研究和关注人在时代中的命运问题，文学家也在其中。若论起座次，一百单八将封过、排过，也几无报告文学作家的席位。这是学术和艺术的现状。但是，何建明作为一个报告文学作家，却是无时无刻不在观察和关注着时代中各阶层的人物命运，这些人物中有官、有民，有贵、有贱，有富、有贫，这合起来正是时代。

《我们可以称他为伟人》的题记有言：

> 一个伟大的时代，总会涌现出许多了不起的人物。作为这个时代的笔录者，我常为那些创造伟大时代的精英人物所感动。本文的主人公在我少年时代就在我心中留下烙印。然而我不曾想到，几十年过去了，他仍在不断创造着奇迹，成为中国社会形态中最耀眼的那片天地。

君自故乡来，当知故乡事，何止绮窗梅花之开。故乡人，故乡事，时间的流水，让少年何建明成长，几十年时间里，他崇敬的英雄也在同样成长。吴仁宝与作者同代、同乡，这样的渊源，这样一个人物，岂能错过？必须要用文字记录和传递于未来。

在该作品中，何建明把对主人公性格的展示，放在他和其他人物的关系事件中呈现。

从这里，可以看出何建明一直在他的报告文学作品中，为寻找、实践“真实”的途径所作的努力：事件、人物、细节，如何处理人物的关系，如何在发生的事件中展开人事，而不只是单纯地用作者旁观者、旁听者的身份讲述。这无疑增加了作品的力度。

该作品开篇即入题，作者写了一个敏感事件——有一年秋收后，吴仁宝直奔大邱庄学习，当时的场景为：

> 吴仁宝见禹作敏后，一副江南农民的谦和与诚恳之情，远远伸出双手紧紧握住对方，“我早就耳闻大邱庄的事迹，我这次和村上干部专门来取经，你可不能保密啊哈”。

之所以拎出这一段细节描写，是因为我想谈谈报告文学细节的真实性和人物的性格塑造如何入读者的心这一问题。

我们知道报告文学中的人物，都是现实中真实存在的个体，是活生生的人，事件则是存在的、已经发生的、被很多人目睹的真实事实，因此不存在“塑造”之说。面对这样的状况，似乎没有其他可以修正的空间，但在场景的交织和事件阐述的镜头感方面还是可以尝试的。

看一个报告文学作品作者是否入心写了，一是看文中人物怎样讲话，怎样言说自己、言说事件，怎样处理事件，怎样做事，看他的日常。二是看作者，就算是有一堆真实的材料、好用的材料，也还存在一个如何组织、串联的问题，不仅仅是只写一个过程、一个结论就够了。三是看所写人物的形象，他究竟是怎样的一个人，外界必有评判，他做了哪些可表彰或要批判的事，时代和社会如何认识和评价他。这三点合起来才是文章的内核。在上述三点之外，还需要作者出以公心、良心、德行的记录，但是还不够，还要有作者自己的思想和见地。以上这些均是我所见的，何建明在其报告文学创作中一直没有放弃的努力。

我们继续讨论“真实”这个词。在人物真实、事件真实之外，讨论

关于人物的“语言真实”：

（1）从理论上，我们可能会说，很难判断作者所写的人物在事件过程中的语言，是否就是人物原原本本真实的每一句话，没有经过任何加工，如有录音，是否一字一句皆如录音所呈现。

（2）当事人在回忆或复述时的语言和所表达的本意之间，也可能存在误差。

（3）原本人物的语言呈现于文学作品中，是否最终会对作品造成伤害，为了修补和减小这种伤害，有作者加工的成分。

我认为，校定作品中人物的“语言真实”有一个方法，那就是将人物的惯常性格和他的行事风格联结起来进行判断。一个人的外在、内在不会是固定不变的，他的语言、语气、口吻都会有改变，但这改变是有迹可循的。我们在读一些书时，会生出明显强烈的漏洞感，因而产生疑问：

这哪像这个人说的话呀？

这哪是这个人做的事呀？

这哪是这个人的风格啊？

且回到该作品的开篇，吴仁宝见禹作敏，这是一个有历史意味的会面：

吴仁宝主动地、远远地伸出双手去握禹作敏——我们会觉得这个行为就是吴仁宝的——出自江南人的谦卑和热情，江南农民的诚恳朴素。当然，这里面还有自信，有坦诚和真诚的率直：“我这次和村上干部专门来取经，你可不能保密啊哈”。这个细节形神俱像，捏不出来。

这样的语言和行为，你怎么看都会是吴仁宝这个人物专属的，似乎已烙上了他的行为标记。

作者写吴仁宝这个人物是有意义的：不只是书写人物在时代中的所作所为，不只是书写人物身上所有时代烙印的成因和由来。时代背景到底给了那一代人怎样的宿命？那一代人如何处理他们和时代、政治、政党、物质、精神之间的关系？在这些复杂的关系中，如何与时代携手共进，如何克服琐碎枝节中遇到的梗阻，然后抵达个人、民族、国家的共同梦想？作者想写的是这些。

该作品是作者对发展和形成中的中国当代报告文学文体方向的探究和努力。

说到农民问题，还是要谈谈教育问题。由于生存环境的限制，那一代农民所受的教育是不完整的，甚至少有受教育的机会：教育资源分配不到位，贫困的干扰，温饱的压力，使他们那一代几乎无资源、钱财、时间、精力和心情去接受更多教育，这是一个复杂的需要时代深思的社会问题。

这个问题的存在是民族和国家的伤痛，民族精神的传承，在很多层面是依赖于教育的。

农村现状需要改变，总要有一个人站出来带领，吴仁宝就是这样的一个人。这是他最基本的事迹，无论在他逝后还是生前，无论社会各方如何评价他及其作为，除去浮华，这是本真。

这是他努力了将近一生的事情。他每一天都在为此而努力，然后他做到了。这是事实。

什么是真理？真理不是道理，真理是实践后得出的一个正面结论，是正确、接近和深得人心的事实，这是真理在该作品中隐现的定义。从该作品中，我们认识的吴仁宝是一个真正的、踏实的人，他带领着一代甚至两代农民，过上了他们梦想中的日子，他带给了村民摸得着、看得到的幸福。

宽敞的住房，崭新的衣服，可用的余钱，可见的余粮，这些就足够了。不需要那些整日坐在书房中，四处指点社会时政，自诩为有知识分子良知的人，他们全部的理解和认同。

吴仁宝用自己的语言和农民兄弟的语言来言说道理，告诉村民发展就是存亡，发展和过上好日子的关系：

大发展，小困难；小发展，大困难；不发展，最困难。

发展最科学，不发展最不科学。

我们天天讲的时代和政治，对很多人来说都是遥远的概念，人们近在身边可触摸到和触动心灵的，只是真实的、丰衣足食的生活，这是一切更好的、更有质量的生活和生命的基础条件。

在该作品中，吴仁宝是一个联结“村”和“国”的纽带，他联通了大时代环境、政策和这个社会最底层的百姓，他把这样的两端贯穿起来，合为一股力量。我们自古就有民富而国强之说，只要国家这个政体仍然存在，这样的联系就必不可少，必须要确切发生。

那么我们要如何看待文学和政治的关系？

文学要远离政治，这是一段时期以来很多主张文学要保持其独立性的人的认知。他们认为文学一旦和政治联系，就不纯洁了、不庄严了、不自由了，就被政治所收养了。但他们没有认识到，文学和政治虽各自独立，但在真实的时代客观现实中，一直是互相渗透、互相影响，在裹挟中共进的。政治在目前的时代仍是一切学科、存在现象的大环境。

北宋著名理学家张载有言，所有学问皆应是：

为天地立心，为生民立命，为往圣继绝学，为万世开太平。

从这个被很多方家欣赏和认可的主张看，文学和政治应是有着共同的理想和追求的，这才是开明之文风、政风，开明之学，开明之治。笃行与宏毅之行，在平凡的日常生活中，也可见其熨帖人心处和可以服人处。

有了条件不发展没道理，没有条件，创造条件发展，发展了才是真道理。

这是吴仁宝反复谈论的发展观念。吴仁宝所说的“条件”是什么？是政通人和的环境，是各种鼓励民众实现富裕生活的政策。

吴仁宝的人格、勇气和追求，在于他为实现这些观念所作的努力和实践，在于他并不完全利己，在于他恩义四方。他的所行所处，拨浊而涤清，是朴实的。生活温暖富裕，是每一代人、每一个人都会有的梦，助人实现梦想者，都是贤良仁义者。

回到这些年来人们对报告文学作家的一些质疑：

报告文学到底写什么好，写什么不好？以什么价值观来判断一篇作品有无价值和意义？这些问题仁者见仁，智者见智。

我们关注一个人物，一般会关注他的身份，更会关注他的言与行。我们关注一些事件，如果其中有一些政治名词，如共产主义、共产党员、中国特色社会主义等，总会让人觉得远离了文学。一旦这些有时代色彩、情绪或概念的词，存在于作品中，就好像文学在强调商业感和政治情怀，似回到“十七年文学”“十年文学”的状态。这些人们潜意识里的、直观的见解是一个有意思的现象，它一直存在。文学在时代中不是单独的、孤立的存在，而是综合了很多元素，因此是复杂的。所以，只单纯地强调“为文之义”的某一面，的确有些苛责。

在《我们可以称他为伟人》这部作品中，体现出了作者的历史责任感和历史观，我们可以看到作者在寻找“正”的事物和力量方面的努力。一个作家，永远需要用他的作品风格和思想，将自己与其他人区分开来，而非仅仅靠身份和奖项。让历史丰富起来是报告文学作家的责任，要有让时代人物、事件进入历史的使命感。很多知识分子常自诩有担当精神，那应该担当什么？应担当苦难、兴衰，担当对时代政治、经济发展脉络的臧否。

什么事件、人物可以一写？

首先，这由作者的眼光、胸襟及他所站的位置决定。

其次，这个被写的人曾以一己之力推动过时代的车轮，引领或为他人做出了有意义的事，就可以一写。

再次，并不见得写了“高大”的人就自降品格，写底层、写不堪、揭露、批评才见良心和德行。时代不同，文学也是变化的。

最后，发展经济与爱惜、体恤百姓，并不是简单的纲领或一句话，只有衣食安而后方有精神安。有的人一看到谈到国家、政党的满篇热爱之词时，就面露嘲讽之色，以为是“媚”。真以天下苍生为己任者，在和平时代，首先要给予亲人、乡民冷暖关怀。

历史尊重已发生的事实，文学的实践证明，好的小说达不到为历史负责的重任。小说可以讲没有发生的事，可以修改和凭主观写已发生的事，但报告文学绝不能。

同时代的人看报告文学如何写同代人，这种围观有益于督促作者，因为有很多人都是事件的亲历者和耳闻者，这是无形的监督。追踪和记录带鲜明时代感和特征的一件事、一个人，使它们进入历史，这是报告文学的责任之一。

何为报告？就某事调查、观察，写成详细的书面材料或作口头叙述，是为报告。何为报告文学？它目前所形成的定义是否准确，还有待实践和潮流验证。如何面对它的因“正面书写”与“应时而动”引发的些许非议，需要作品本身承受等待，等待读者耐心阅读之后才能回答。

《左传》有言：

> 纪人伐夷，夷不告，故不书。有蜚，不为灾，亦不书。
>
> 公弗临，故不书……不书，非公命也。

当时的史官记录历史尚有不告不书的精神。古风不远，尚可追寻。此处不是要讨论、追溯报告文学的血脉源流，只是想探讨从“赴告”到“报告”之间，数百年来的离合转承，其中是否有些精神仍可保存。

我们也以此来探讨今天这个时代的报告文学作家，对记录历史事件、人物的取舍，应秉持的高度自觉之心。该作品也许只是一个未经审结的案例，还有待更理性和公允的审议。

8. 抒情祖国，书写英雄——论《部长与国家》

“为生民立命”即为让天下百姓都有安身立命之所。平凡百姓之命历来与家国相关，“立命”与“立传”更是隔得很遥远的两件事情。而《部长与国家》是通过对天时、人事的呈现，为一些事件“立传”。

在今天人们的生活中，除了雨水、阳光、空气和食物，随着科技的发展，我们离不开的东西已经越来越多。

石油，业已深深地织入我们生活的所有空间，它是经也是纬，没有石油，我们的现代生活将断裂成散沙，也将是枯燥和被局限的，没有趣味和便利可言。

我们开的汽车，出行坐的轮船、飞机，大部分交通工具的燃料皆是石油。

所有的塑料制品皆是石油产品，如生活中的盆、碗、牙刷，只要有塑料这种材质存在的地方，都有石油的身影。

我们脚下的路之所以坚固、牢靠，是因为铺了沥青，那也是石油产品。

我们穿的衣服，涤纶、腈纶、锦纶等面料均是由石油生产合成的纤维制品。

对于那些合成橡胶制品，如鞋、轮胎、电线等，石油是制造合成橡胶的主要原料。

所有的洗涤剂、洗发水、沐浴乳、肥皂、化妆品，里面的成分都含有石油制品的衍生物，因为没有石油，清洁力将会大大下降。

保证所有机械正常运转的润滑油、黄油、机油，大多来自石油炼制的基础油。

部分药品的成分也提取自石油。

交通、建筑、防腐、装饰、黏合……石油无处不在。

我的同龄人或上一代人一定对一首歌曲不陌生，那就是《我为祖国献石油》：

锦绣河山美如画，祖国建设跨骏马，我当个石油工人多荣耀，头戴铝盔走天涯。头顶天山鹅毛雪，面对戈壁大风沙，嘉陵江边迎朝阳，昆仑山下送晚霞。天不怕，地不怕，风雪雷电任随它，我为祖国献石油，哪里有石油，哪里就是我的家。

红旗飘飘映彩霞，英雄扬鞭催战马，我当个石油工人多荣耀，头戴铝盔走天涯。莽莽草原立井架，云雾深处把井打，地下原油见青天，祖国盛开石油花。天不怕，地不怕，放眼世界雄心大，我为祖国献石油，石油滚滚流，我的心里乐开了花。

如果先读《部长与国家》一书，再看这首歌词，然后再听一遍歌曲，我相信很多人眼中会有泪水涌出。

《我为祖国献石油》是一首家喻户晓的歌曲，这歌词中提到的每一个地方、每一个场景都是真实的，是很多参加找石油和开采石油的战士和工人们，真实战斗的地方和工作的场面。这里面的感情是真挚的，真得无一点虚浮。我为那一代人对工作的这种纯洁、坚定和奉献的情感而感动，他们是共和国发展史中不可忘却的好儿女，诚是壮怀激烈！

那些平原、沙漠、浅海、戈壁，都是我们的工人、战士在寻找石油之路上，一寸一寸走过、勘探过的。东北地区的大庆油田，从1959年发现，仅用三年时间就有了600万吨的生产能力，1963年生产原油439万吨，对实现中国石油自给自足起到了决定性作用。1976年，大庆油田原油产量突破5000万吨，成为我国第一大油田。

然后胜利油田、辽河油田、吉林油田、华北油田、大港油田、中原油田相继被发现，实现开采。

何谓油田？可以开采的大面积油层分布带。何谓油？不溶于水、能润滑滋养他物的液体。何谓田？种植农作物的土地。何谓农作物？那是我们的衣食之源，是粮食、油料、蔬菜、果树，是一切可以供养生命的物质基础。在我看来，油田这个名字最是恰当、笃诚与恳切，由此一词可知“油”对于我们一己之躯，对国家和整个社会经济发展的重要性。“油”是血液，是命脉。

在我们的常识中，石油来自地下，是古代海洋或湖泊中的生物经过漫长的演化和沉积变为的油，是不可再生的资源。也有科学理论认为石油由地壳内本身的碳生成。地球上海洋的面积是3.6亿平方千米，是陆地面积的两倍多。大部分石油，都埋藏于海底。

从寻找石油到利用石油，这是一个漫长的过程：要寻找到，要能开采出来，要输送到位，还要进行加工。

石油作为一种重要能源，是国家发展的血液。对石油的寻找、勘探、开发和利用，可以说是对一个国家国力的综合考验。

《部长与国家》一书的先驱意义在于面对和书写了一个国家的一段特定历史。

在新中国特定的政治、历史环境中，这部作品的问世，是对如何书写国家发展历史，展示发展背后的政治环境和一些不被当时民众所知的“内情”，进行的有探索意义的尝试。

一直以来，有部分作家认为报告文学写作有“禁区”，存在“不好写和难以据实写”的“盲区”，该部作品以事实为依据，给出了否定的答案。

该作品的主人公是余秋里、王进喜，是那些一直奋战在石油战斗一线的英雄——他们每一个人都是英雄，该书刻画的是英雄群像，也唯有“英雄”这个词，才配为这些可敬可爱之人命名。

当时的社会物质环境及科技条件都较为匮乏，甚至温饱都难以解决。可是，我们听到的是“有条件要上，没有条件创造条件也要上”“宁肯少活二十年，拼命也要拿下大油田”……这些不是什么豪言壮语，而是当时这些石油工作者的真实心声。“古来征战几人回”“男儿何不带吴钩，收取关山五十州”“西北望，射天狼”“五十弦翻塞外声”“都护铁衣冷难着，瀚海阑干百丈冰”，这些诗句，唯有那一代的石油工人理解。

50多年前那场历时三年的大庆石油会战，充满热火朝天、让人热血奔涌的场面。那是一代人的精神，是他们内心深处的信仰：对于国家，于危难存亡之时，是战场上的牺牲；于和平时期发展建设之时，是拼命忘我、舍家无私的工作。这种精神是必须要被记录的，要让今天的共和国子民重温和背诵。

回顾当时的时代环境，1959年，新中国将满10岁，也是第一个五年计划实施之后。如何书写这一段特殊的历史政治时期？对报告文学来说，只要动笔写就是写事实，写真实存在的和实际发生的，必须放下所有的禁忌。

在今天看来，当时年轻的共和国在经济发展方向和社会基本资源建设保证上，眼光和定位是准确和正确的。石油问题的确是撬动一个国家和社会重大经济枢纽运转的那个关键杠杆，党和政府找准了这根杠杆。

解放军总后勤部部长、独臂将军余秋里，于危难之际出任当时的石油部长。

当时的政治和社会环境背景是：中苏关系恶化，苏联撤走了在中国的专家；我国航空用油进口基本被叫停，空军飞机、陆军战斗车辆相继被迫停驶；年轻的共和国周边局势紧张；1958 年开始，历时三年的“大跃进”；始于 1966 年 5 月的“文化大革命”，历时 10 年的动荡和不安，民众物质生活极度贫乏……

今天，我们再谈论那一时期的人和事，决不能忽略这些在一线为共和国基础建设付出所有心血力量的人。

我认为，勘论是非对错不是报告文学应关注的焦点和核心，报告文学只关注事实，作者必须存有历史上严正自尊的史官血脉。至于给一个事件做定论、定调，那是政治家、理论家、史学家和时间的职责。

自从在大庆发现石油后，支援大庆建设的物资开始源源不断地运往萨尔图火车站。萨尔图是一个不可被历史忘记的地名。当时，大批转业军人作为石油工业的新生力量到大庆报到。王进喜和井队的同事靠肩背手拉，连夜把钻机和设备运到井场。

1963 年 12 月，大庆油田试验性开发成功，进入全面开发阶段。从见油到探明油田面积、算出大概储量，只花了一年多时间。一年多的努力，解决了世界油田开发史上几个大的技术难题。

在《部长与国家》中，我们有幸看到了石油史上永不会遗忘的镜头：

> 一次打井时发生井喷，有腿伤的王进喜，不顾泥浆热得烧人，扔掉双拐，跳进两米深的泥浆池里，手划脚蹬，用身体搅拌泥浆，接着，另外的七个人也跳进泥浆池中。三个小时后，井喷被制止。这是有史以来从未有过的“压井”方法。跳进去

的人出来时，皆血肉模糊。

开发大庆油田时期，也正是年轻的共和国经济困难、生存条件最艰苦的时期。那时的大庆无路、无粮、无房、无人手，面对饥饿的威胁，浮肿病大批出现，又遭遇百年不遇的大雨，天灾人祸接踵而至。可是，这些石油人仅用了三个月时间，在1960年6月1日，就实现了首次原油外运。

大庆的冬天寒冷刺入骨髓，有四五个月之久。在冬天的最大难关是要保证“人进屋、机进房、菜进窖、车进库”。他们通过开荒种地，组织职工和家属打猎、捕鱼、挖野菜、采野果，熬过了最艰难的1960年的冬天。

《部长与国家》这部作品，给我们完整和全方位地评价历史，提供了角度和依据。回看这一段历史，一个个事件、人物，我们看到年轻的共和国当时正处于内外交困、天灾人祸的各种考验中。党和政府对“石油开发”这一重大事件和举措，是非常坚定的。《部长与国家》于这一段历史研究是补充，也是注释。

报告文学作家应该是有“史官”情结的作家，而非简单的用文字记叙种种人事虚实并抒情和议论的作家。

《左传》《公羊传》《谷梁传》皆为《春秋》注释。三传在注释中，增加了没有记载的史实，没有出现的人物、事件的细节，这些对人物、事件、细节的充分增补和描绘，让后人读来别有意义。这些增补，甚至包括了各国之间的聘问、会盟、征伐、婚丧嫁娶、诸种礼仪、典章制度、风俗、天文法令、文献、神话传说、歌谣言语等，从政治到民间小事，皆有涉及。内容取自各国史料所存，因以史实为依据，令后人信服。

晋范宁评“春秋三传”的特色说：

左氏艳而富，其失也巫（指多叙鬼神之事）。谷梁清而婉，其失也短。公羊辩而裁，其失也俗。

这准确地说出了"春秋三传"各自的立新之处，也给我们以启发，即每一种书写方式均有其意义和价值，也有其无法抵达、无力就全的遗憾。

《部长与国家》一书在采访和书写中，以众多新细节和人物，重现和补充了对这段共和国艰难建设历程的记录。

这部作品的开篇，是余秋里将军躺在病床上，结尾处仍是一张病床，只是这病床上躺着的人再不会醒来。一个共和国的奠基者，一个带着一群英雄给年轻的共和国奠基的英雄，就此长眠。

《部长与国家》从另一种意义上说，记录的不只是一个历史时期，也可看作是为共和国的能源发展立下不朽功勋的余秋里将军的传记，记录他怎样从一个将军转变为共和国的经济建设者。同时，这部作品也是一代石油工人的群英谱，是为一代石油工人的精神立传。

如何处理报告文学中所谓的"敏感"的政治问题？如何使政治人物、事件、复杂的政治背景，能被各阶层、各时段的人接受和理解？这部作品给我们做了一个很好的示范，那就是按照历史的真相放手去描述，只要站在真实的事与人的立场上，就能解决这些困扰。至于那些未被证实的传奇或传说中模糊的事件，则应放到一边，等证实之后再写。所有的细节不能是没影的、不实的、经不起论证的。只有这样的记录，才能越过时间的考验，越过政治分歧，越过成见，越过一切人为的思想上的障碍，越过一时一地、不客观精准的观念或观点。

在《部长与国家》这一作品中，一以贯之的是作者选题和谈论问题的高瞻远瞩。

2015 年，李克强总理在"政府工作报告"中提出要大力发展新能源，政府对新能源产业的支持力度要加大。

为什么政府一再重视能源问题？因为能源是我们这个社会得以正常运转的血液，是生存发展的关键。近来中央、国务院一直在提建立资源节约型国民经济体系和资源节约型社会，并将此作为21世纪的伟大工程，这项工程是国家发展迫切之所需，是国民命脉之所在，是社会和历史给我们的必须担负好的责任。

每一部报告文学的采访工作都是辛苦繁重的，每一个细节、人物的背后都靠大量的采访和资料收集作铺垫，这种辛勤的劳动是值得读者尊重的。

如何才能写出好的作品？我要再一次强调深入生活对创作的重要意义。1964年初，30岁的作曲家秦咏诚应沈阳音乐学院院长李劫夫的邀请赴大庆采风。到大庆后，他在一线钻井队和工人一起工作、生活。在采风期间，他看到了薛国柱写的《我为祖国献石油》歌词，这歌词一下子就打动了他，他立刻回到油田食堂，花了二十分钟时间就给这首词谱好了曲："我当个石油工人多荣耀，头戴铝盔走天涯……"朴素的近乎白描的歌词，配以激荡感人的旋律，成为一代石油人精神面貌的传神再现。

《部长与国家》这部作品，我也将它看作是向那一辈的石油工作者的致敬之作，是一部闪耀着光芒与激情的国家英雄史诗。愿今天我们的骨血里，还存有这样一种对国家、民族的尊严感、自豪感和奉献之情。

9. 来自《国家》中的国家经典形象报告

这个时代发生了很多事情。在我们看来，好多事件和事实都是枯燥的，是滴水之于江河，甚至来不及记录和反思，时间的浪潮就将我们推送向下一篇章。

在何建明的报告文学作品中，一直有一种强烈的对于这个时代精神

空间的丈量意识，这个精神空间包含国家、民族、百姓，直抵政治、经济、历史、文化。他用极富个人意志的文学作品，对一个富有历史意义的时代，进行了广阔的涵盖。这些作品对于中国社会四十年来的综合成长和发展具有文献意义，这些作品以报告文学的形式呈现，使他基于个体经验和现场采访的文字有了真实的温度。

何建明在2015年全国报告文学创作会开幕式上说：“报告文学这种纪实性文体具有其他文体所不具有的文体魅力和思想光芒。”

《国家》这部作品写于2011年。

汉语中的“国”字：一个四方框，里面一个王，王字腰上一点，似王腰中之佩剑。国字外围的“口”，表明的是疆域，是围栏，是一个由栅栏围着的重要地方，是有重兵把守之地，有不容人侵犯的威严。

繁体的“國”字里有“戈”，有“土”，即有兵器、有土地，意为这是一个有武器保卫人口和土地的地方。许慎《说文解字》中说：

> 或者，邦也，从口从戈，一以戈，一为守，其义尚不明。盖口为国土意，若以兵器之戈而卫之，则其一为表示领土之境界意，一为有时如亘之有二线，亦犹表示田地境界之畺字。

土地、人民、军队、疆界，以此四个要素而成“国”字。引申到现代国家的定义，国土、人民（民族）、文化和政府四要素仍是一个国家的重要组成部分。有国有家，是为国家——一个由许多部件所组成的互相之间密切关联的有机整体，人民在其间生活、生存和发展。

《魏氏春秋》中以“巢”喻国：“覆巢之下无完卵。”近代林则徐有言：“苟利国家生死以，岂因祸福避趋之 。”

国家与个人的关系从来紧密，命运永远是一体的，从不会也不可能分开。历史至今天，人类史上自有国家始，还没有一个人能脱离国家而单独存在。个人与国家之间，国家的兴旺、繁荣、稳定、富强是人民安心过上太平日子的基础。

国家太平最重要，政体稳定也很重要。对人民来说，哪怕穷一点，只要能劳动就有温饱，关键是不受战火之苦，不被外族奴役。一个国家如果处于各种动荡之中，人民难以温饱安定，个人的理想和发展也将受限。国破则家亡，国兴则家旺，这是朴素的道理。

国家贫弱，人民也会被人看不起。个人的尊严和荣辱与祖国的尊严和荣辱是紧紧连在一起的。这个认识，是每个国家、每个民族的共识。

“国民性”这一概念，始于欧美，而后传到中国，被认为是一种超阶级、地域的国民普遍心理状态和文化性格反应。国民性是一国大多数人的文化心理特征，即在价值体系基础上形成的稳定的性格特征，是国民素质的核心因素。

梁启超在 1900 年写下《中国积弱溯源论》一文，文中提到：

> 其善而可全贵者固不少，其误而当改者亦颇多。
>
> 爱国之心薄弱，实为积弱之最大根源。

文中梁启超列举了国民性六大弊端：奴性、愚昧、为我、好伪、怯懦、无动。在祖国富强、繁荣的今天，在每个人都以报效祖国为荣，为祖国的建设添砖加瓦而努力之时，仍有大说“风凉话者”。我以为爱说“风凉话”，即是国民性弊端的一种。

和平时期，我们仍要以“天下兴亡，匹夫有责” 为己任。祖国的和平、富强是需要每个人珍惜的。

每个时代的政治定义都是不同的。国家最大的政治理想，当是人民的安居乐业，是人民走到哪里都被尊重。

2011 年，处于北非的国家利比亚爆发了内战，形势每天都在恶化之中。这一年，一个中国外交史上空前震撼人心的行动——利比亚撤侨，正在发生。

外交部在很多人心里是一个神圣庄严的地方，是每天都“弹奏着一个国家和整个世界之间的交往的外交乐章”的地方。何建明的笔在《国家》这一作品中触及的就是这样一个在外人看来难以迈入的、有些神秘的地方。

外交无小事！

《国家》这部作品，写的是和平时期与战争有关的事件——它不仅仅是对一次历史上大规模“撤侨”事件的跟踪实录，更是一次对所有人爱国之心的唤醒。

真实的情景远比人们想象得更丰富和激动人心，虽然小说也可以虚构出这样紧张和动人心魄的情节，小说也可以全景展示一个“国家层面”的外交行动，但唯有报告文学能如此及时、如此丰富、如此真实地展现这一令人“震撼”的事件。

这部作品也使神秘的外交活动和外交官形象近距离地走向百姓，使国家形象被赋予了更完整、更生动的一面。

这次行动让世人看到了什么是真正的爱民如子。

时间是 2011 年 2 月，中国刚过完春节，还没有出正月。

2 月 20 日晚，利比亚陷入全面动乱，战火已熊熊燃起，我们的几万名在利比亚援建的同胞正受到生死威胁。

一夜无眠的中国外交部在 2 月 21 日，作出了一个庄严的决定：

我们外交部、我们领事司的任务，就是要想尽一切办法，及早把我们的同胞安全地接回来！

一个也不能少地全部接回来！

从利比亚撤侨，涉及几万人的身家性命，事关大局，我们一定要千方百计保障我方人员安全。千方百计保障我财产安全，千方百计维护我国家利益……

这描写的是我国有史以来最大的一次撤侨行动。

报告文学作品是否有可读性，一直备受一些评论家的争议。在我看来，一些作家写作并不涉及“报告文学”这种文体，但其“可读性”仍然匮乏，作品少有读者，命运几近一篇枯燥的学术论文。

报告文学写给谁看？这一直也是很多作家觉得难以回答的问题。

战争题材一直是小说喜欢涉及的领域，写过去的战争或战争背景下的故事。

战争离我们这一代人还不算太久远，从上一代人或上两代人那里，可以寻得一些战争的真实踪迹。和平时代没有战争了，有的只是人心之间的、人性层面的、人与人之间的矛盾、纠葛，这远不是真正的战火和狼烟。

《国家》写的是战争期间的重大事件，写的是跨国度、跨山岳、跨海峡、跨千山万水对同胞生命的大解救行动。我再一次被作者视野和思想的宽阔所折服。

曾有位老师描述他小时候听评书的心情，天天一听到关键和精彩处，就见说书人惊堂木一拍，且听下回分解。读《国家》的每一页，也几乎是让人屏住气息的，怕翻到第二页，出现且听下回分解的字样。因为事件的发展实在出乎人意料，无数侨胞正命悬一线。整个撤侨的过程，涉及无数同胞如何活下来并且顺利回家。

我已经很少有读一本书，不把它一气呵成读完不想放下的状态：事件的进展太牵动人心，密不透风的细节、以小时计的时间，让人心生紧张。这是报告文学写作的“技术”所致吗？我认为把它视为“写作经验”更贴近事实。通过报告文学的结构技术和叙事经验，使事件有了攫取人心的力量；对这一政治领域、国家范畴事件的书写，体现了报告文学质在真实、气在磅礴。

想要保命的人，找不到逃命的路；不知危险迫近的人，感受不到十万火急。这就是利比亚大撤离面临的困难和问题。欲将万人之心变成统一步调、统一思想、统一意志的一条心，谈何容易！

利比亚的建房工程，几乎全由中国人承包施工。在战乱中的工地上，参加援建的徐峰发了一条微博，描述了中国工人的处境。潘石屹随后转发，然后有无数人跟着转发。

“我在这里！”午夜的微博社区，外交部的王亚丽热血沸腾，她立即转发徐峰的微博，并附言：“外交部的前来报到，正在了解情况……”之后，她再发微博：“已联系外交部领事司领保中心。他们已知悉所有情况，据说预案已经出来了，大家不要着急，坚持住！”

一夜之间，也就是 2 月 22 日上午，利比亚局势和中国公民的境况开始成为微博社区焦点，成为主流媒体的中心话题。

镜头转至水深火热的战争现场：

镜头一：祖瓦拉某工地，我们的建筑工人同胞开动挖掘机挖起了壕沟，几十辆机器开动起来，深深的壕沟把工地围在中间，隔住了那些想来打砸抢的武装分子。他们的车和人面对深深的壕沟只能悻悻地离开。

镜头二：大乱中，利比亚人民也伸出了友谊之手。某工地工友萨拉冒着生命危险，保护了 19 名被打散的中国工人。

……

各海关、各领馆接着行动起来，开始为没有护照、没有签证的侨民办护照、签证。

这些援建者都是带着自己和家人的致富希望，远涉重洋去海外工作的。

现在因为动乱要撤离，首先要保住的就是生命，但这也意味着曾经投入的物质和精力，在一夜之间化为乌有。

但是，没有什么能比平安活着回来更重要了。在战乱中，活着已是大幸。

对于陷于异国战火中的他们，谁来带他们回家？万水千山，万千的困难，交通保障、合法的出境手续都是要解决的问题。

这时候，只有祖国才有力量带他们回来。祖国，来接他们回家！

《国家》中这样叙述：

> “王大使，中央已经决定，尽全力撤离我在利比亚工作人员！请迅速摸清在利比亚人员情况及他们的方位，组织各种力量准备撤离……”
>
> “再不抓紧，利比亚政府有可能关闭港口和海关，其后果将不堪设想！”从外交部部长杨洁篪，到领事司的黄屏、郭少春他们这些大大小小的外交官们立刻敏感地意识到：如果出现这种情况，那将意味着我们的几万同胞，都将会成为利比亚内战的人质！
>
> “不惜一切代价，赶在最严重的事态发生之前，进行我们的撤离行动！”
>
> 哪条路最近，用什么办法能逃离战争带来的威胁，是人们最先考虑的。

走哪条路，才能使同胞更快地脱离战火，回到祖国？2 月 22 日，国家撤侨应急会议召开，明确提出，应最优先考虑选择最近、最快的撤离路线。

此时的利比亚形势如下：

> “目前的判断，从利比亚的内部看，卡扎菲高压统治已经42 年了，政治上四面树敌，经济建树也不多；从外部看，西亚北非政局动荡来势凶猛，虽然卡扎菲本人试图讨好西方，但仍被视为异类，必欲除之。利比亚形势将继续恶化，很可能变成全面内战。”

拜伦说过一句话：“不爱自己国家的人，什么也不会爱。”我觉得非常有道理。

有时候，很多人一谈到国家，都觉得“国家”只是一个词：

从地理距离上说，“国家”在哪？国家就是首都，就在北京吗？

从心理距离上说，“国家”在哪？国家是在你心，还是在我心？国家在我们心头，是最温暖、最明亮、最亲切的存在。

《国家》真的是我个人非常喜欢的一部作品。读了《国家》一书，我觉得国家就是让我们过上太平日子的存在，是我们每天走在出门路上的那份安然。因为有它，你的生命不会受到无端、无理的威胁。当你出门在外时，遇上危险，国家能用最强大的力量给你安全感和接你回家，是那份坚实的依靠与力量。

新时期以来，有些知识分子一直自诩以关心社会问题为己任，一直在或尖锐或温和地批评着种种社会弊端，抨击体制——很多人在抨击的同时仍享受着体制给予的种种便利。这种状态是事实，没有任何一种社会制度的设计是完善的、完美无缺的。有良知者在于为这个社会的人文、科技发展而努力，批评者虽有先驱精神，但实践努力者更值得嘉赏。

人们想要的理想社会与理想生活到底是什么样的?

有时，人们对此也只是有些理论依据。但是，用自己所处社会和时代的一点点问题，去比别处甚至是别国的优渥处，且只是单项地做比较，是缺乏公心的。

每种社会制度下的生存法则并不一样，年轻的共和国在短短的历史时期内，出现过种种问题，有许多无法抹去的苦难和带给子民的不堪记忆。这是每一个个体和历史、时代关系组成的历史大洪流，确实不是一己之力可克服和改变的。我们的经济结构也一直存在问题，下岗失业问题、农民问题、教育问题……我们确实有很多问题。

对这些问题不是不可以批评，有了批评的存在，才使我们的社会有了进步的活力和方向。但是，请不要抱怨，去改变才是真正的担当和负责任。用自己的一点努力来改善，以使我们的社会更进步、更文明、更合理。一人之力虽如杯水车薪，但仍不失赤子之心。一个国家的优秀和强大，正是由每一个、无数个、所有的子民的优秀和勇敢的总和来确定的。

一部报告文学作品，或者说一部文学作品的可贵之处，在于作者在想要表达的层面之外，呈现出的一些能让读者深思的东西。《国家》的可贵，不仅在于它是一部面对面的、扣人心弦的撤侨事件的记录，它更是一次庄严的宣告：祖国时时处处在我们每一个人的身边，与我们同荣辱，共进退。它与每一个子民，都有着深情的联系。爱不在平淡的述说中，爱是遇到问题时的行动。

这部作品，也使我们从一个新的侧面了解国家机器是如何运转的：

那些中南海、外交部大楼里的官员们，他们在这一事件中如何工作；面对国际战火，我们的国家会以怎样的程序和速度应对，如海陆空如何联合行动，军舰护卫队在临战时是什么状态。

12 天时间，我们的祖国从战乱中接了近四万名同胞回到自己的家，回到他们的父母、妻儿、亲人身边。

一个国家的强大，不只体现于经济、科技，在自然灾难出现之时会体现，在突发的国际事件中更会体现。

《国家》中的每一个人物都是真实的，是我们身边可以见到、听到，甚至是呼吸声都可相闻的人。美中不足或者说仍有遗憾的是，参与这次撤侨行动的人太多，有些人由于作者采访时间有限而没有被采访到、有疏漏。一位在大使馆任职的武官朋友说，他和他的一些同仁当时也是夜以继日地战斗于撤侨前线，但在《国家》中，他们并没有被写到、提到。这确实是一个小小的遗憾。

以文学作品触及这样一个国际性事件并进行如此具体详细的报告，是作者对报告文学所能抵达的题材宽度进行的尝试，为后来者提供了尽可能延展报告文学题材宽度和广度的示范。《国家》再次证明了报告文学这种文体的成熟、广阔和丰富，是何建明报告文学作品中思想和叙述技术都有追求之作。

10. 看文字，且信本句，不添字 ——《北京保卫战》中的“到场意识”

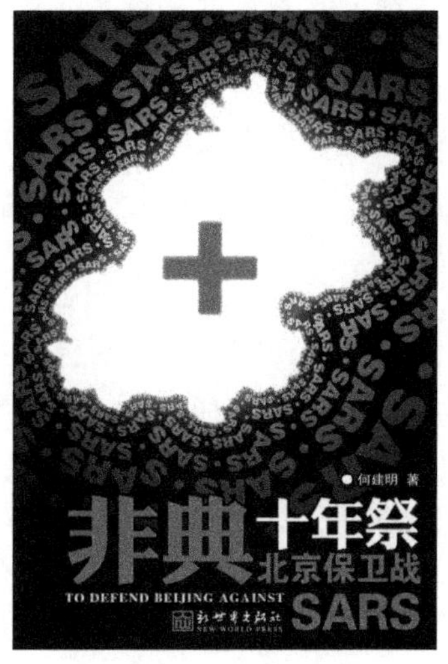

报告文学和小说，是两种不同的文体。虽同为文学一母所出，血缘上有隔不断的亲密，却也各自独立于当世。

读《北京保卫战》一书，我强烈感觉到报告文学在有“故事感”的同时，丝毫不减其“新闻现场感”。这部作品写于2003年北京“非典”爆发之时。“到场”这个词，是我在掩卷之余脑子里首先跳出的一个词，我且尊重此第一直觉，将这个

词写在标题中。

在前面的章节中，我沉浸于对报告文学价值意义的探索和发现，但是现在，我想谈谈报告文学的局限性，以及我认为它将面对的困局。

（1）我曾一直执拗地认为，文学本身并不是艺术最好的存在。

音乐、美术、建筑、各种器物、宗教，它们更能忠诚、严谨地为它们诞生的时代代言，它们比文字更能展示一个时代的丰华和温度。它们是艺术，然而有更多的“技”的成分，“技”是一个比文字更深、更广、更多的人们触手可及的存在。文字无根，因此它在被每个人运用时会产生不同的状态，有不确切和不确定处。文字是流动的——很多字在某些时间中，意义会发生转变，而“技”一经呈现即是恒固的。由文字而文学，它提供的视野逐渐宽大，但未必能完整、如实地还原。

（2）报告文学对于事件的书写必须忠诚严谨，最是考验每一个作者的良心与良知。

如何在每个作品中践行这种良心与良知？作者写作的终极目标是什么？

美是文学的终极目标；被阅读、被广泛传播也是；教化众生的功能也是；成为有史学意义的材料也是；真实也是。这个终极目标在时间的发展中会呈现很多可能。

对于报告文学，终极目标可能只有“真实”，有了“真实”才有其他可能。如果“真实”没有了，其他一切都是没有意义的。

报告文学作品中的一字、一句皆需实证且有其出处，否则这一文体是无法存在的，在新媒体日渐崛起的时代，报告文学将无寸土可守，更何谈对外的张力，这就是它的局限性。

（3）两个不可回避的词——主旋律和知识分子。

主旋律是这时代无法跳过的词，改革开放以来，这个词一直是重要的，与政治、经济、文化、历史、百姓生活、物质保障密不可分。主旋律意为一部音乐作品或乐章的旋律主题。引申于这个时代，主旋律是符合社会民众利益的一切有利于增进爱国主义、集体主义、社会主义的思想精神；有利于增进民族团结、社会进步、人民幸福的思想精神；倡导一切用诚实劳动争取美好生活的思想精神。从本质上看，主旋律有利于每个社会个体或“个人”，自人类有史以来，从有“天下”进而有“国家”以来，主旋律这个词自有其进步意义和先进性。

知识分子也是在这个时代被频繁使用的词。知识分子是指拥有某一专业、某方面理论或系统性知识的人，并不局限于个人的专业或职位，而是关注整个社会，至少是能关注本专业以外的领域，有高度的良知和批评精神。

报告文学四十年来的发展现状显示，在我们的社会中，有很多人一直在用这两个词界定报告文学作品和作家，认为报告文学皆为烘托“主旋律”而存在，认为报告文学作家根本无“知识分子”操守，再推及他们的作品和立场，认为报告文学作品的意义只是为契合时代和社会政治要义而产生。

（4）报告文学创作本身的困局。

报告文学没有小说、散文、诗歌那样宽泛的对素材尽情取舍、增删有无的自由度，也和那些一味或反复书写、表现个人生命体验、心灵世界的作品不同。优秀的报告文学作品中持续传达的，是作者对日常生活、对一些社会重大事件的高度敏感，有责任心的思考，以及迅速的反应。

朱子曾言：看文字，且信本句，不添字。这句话用于表述报告文学，十分恰当契合。从这一点上，我愿意把报告文学从众多文体中区隔出来，将它当作一件代表它诞生的时代的证物。

21 世纪以来，由于经济的发展，功利主义更多地占据了人心，物质利益渐渐至上。人心有变，看人心的视角也变了，可以温暖、抚慰、涤荡心灵的美好事物越来越少。

《北京保卫战》讲的是2003年的“非典”（SARS，严重呼吸系统困难症）疫情，14年前的春天，在今天很多人的记忆里，并未忘却和走远。

这篇报告文学所写的是一场生死疫情；是和平年代黎民百姓与死亡的面对面；是一众医务工作者对职业的忠诚和牺牲；还有作品中一直关注的政府在重大事件中的表现，政府对民众的态度，对民众知情权的处理。

有些人泛泛地翻一翻这本书，即凭直觉认为它是简单的对医务工作者的歌颂，那真是对那些牺牲者的不敬。这是一部严肃的书，它在写生死。对于那些亲历的人和事，不能过去了，就忘记了。

“非典”初发于2003年3月——春天，万物生发的美好之月。

从疫情出现的3月，到告知公众的4月，再到6月24日世界卫生组织对北京疫情“双解除”，总共是一百余天时间。

该作品的发表时间是2003年6月，共有10余万字，其中所有的人物、事件都来自当时抗击“非典”的一线，材料源于处于生死一线的当事人亲历和口述。在随时可能发生的感染和死亡的威胁下，作者完成了对这些人和事的一线采访，这再次体现出一位报告文学作家的职业敏感和良知，体现出他坚持现场采访的勇敢和大无畏。而这一切，成就了一部优秀的报告文学作品。

这次“非典”疫情，是新中国成立50多年来从未有过的考验——首都北京出现严重传染性病毒，很多人挣扎在死亡线上，重要的是该病毒通过空气传播——空气，无所不在的空气，人人呼吸的空气。

古人有言：“文可安邦治天下，武可马上定太平。”又有言：“不为良相，宁为良医。”我读《北京保卫战》，实感医者之大，高山可仰。

战争和自然灾难都是对人类生命的威胁，在战争中，在与自然灾难、疾病的战斗中，保护民众的都是勇敢的斗士，是英雄。英雄的名字如果不被记下，将是时代的羞耻。从这一点讲，《北京保卫战》自有其“史”的价值。

疾病预防控制中心（Center For DiseaseControl And Prevention，CDC）是各国家、政府成立的实施国家级疾病预防控制与公共卫生技术管理和服务的单位。沈壮，年轻的北京市CDC应急中心主任，他对作者说过一句话：不用看原始记录，我就能背出疫情初期每一位活着的和死去的“非典”患者的发病情况及众多细节。

这些关于“非典”疫情的很多珍贵的第一手材料，都是沈壮和他的同事，一次次到那些“非典”患者的病床前、急救车上，甚至是太平间里获取的。没有这些珍贵的和病毒面对面获得的材料，就无法实现对病毒的研究、了解和治疗方案的制定。这是鲜为人知的疫情背后的生死博弈。

刘清泉是另一位医生，从“非典”爆发后，他就一直没回过家，一直留在医院中坚持工作，而且他自己也出现了发烧症状。一次电话中，他和妻子说想喝粥，先生一句无心的话，妻子却认真了，她煮好了粥，来医院送给先生喝。只送了两次，妻子就感染了病毒。不幸的是，妻子没有抢救过来，最后还是去世了，留下一个八岁的儿子。这种亲人的牺牲——只有用牺牲这个词，才能诠释这位母亲的死亡。

每一个病例都是一个鲜活的生命，背后都是温暖亲爱的一家人，他们的身份是妻子、母亲、女儿、丈夫、父亲、儿子，是缺了一个就天塌一角的家庭。

夺走生命的不是可见的战争、不是贫困、不是意外伤害事件，只是看不见的病毒感染。

现在，事件的诸多过程、细节都已被公众所知，但在当时，很多人还没有意识到那么多人都曾站在死亡的门槛上。

当民众处于事件的漩涡中心，但却还没完全明白发生了什么时，我们该怎么办？作为一个报告文学作家，应该迅速、准确、客观、冷静地记录这一公共事件，以一根针穿起事件的千万条线。

在《北京保卫战》中，我们看到的是何建明作品一贯的风格，对报告文学的坚定不移：

（1）该作品深切地表达出了一个作家的良知和责任感，这两点又决定了他作品所表达和言说的理性高度，即为何而发声，为何而记录。

（2）除了对事件高度敏锐的捕捉之外，还有他内心对于事件中的人物——无论尊卑强弱、年纪大小，一律出以公心的关照，他努力替作品中的每一个人物说话。

（3）作品中的“我”一直是在场的一个人，作为事件的介入者、观察者和记录者，没有去“论”和“辨”；无论对事件、对人，始终保持一颗热情的、有良知的心，没有一丝矫情和傲慢。

（4）以真实确凿的事件来注解一部作品的庄严，对于那些不在眼前的事件，也尝试与读者达成共识。在事件的发展中——心态、环境状态的起伏变化中，记下这些发展的轨迹，作为报告的基础。

每一种文体的成熟都有几代人的努力在其中。如果将 1976 年作为一个重要的社会和国家格局开始的新时间节点的话，在近四十年的报告文学创作史中，何建明的近四十部报告文学作品，无疑是极其重要、无法忽视的，甚至可以由这些作品引申来谈。

报告文学的写作，因其文体对事件真实性的苛求，使作者要面对的写作对象结构很复杂：既有处于事件中心或事件边缘的当事人，又有旁观者，还有远离事件只凭文字来了解事件的远方的人（指地域和时间的远方，也就是事发之地之外的人和事发之后的人）。这无疑是个复杂的局面。

对于小说，说“是”也可，说“非”也可，颂歌式也好，谴责式也好。而一部报告文学作品面对的读者是很复杂的，有复杂而苛责的阅读心理背景，非单纯的阅读，非单纯的关注，往往会以不同的角度解读作品。

如果将报告文学的读者群略作区分，有当局的社会各阶层，有政府，有文学界和评论界，有个体读者。这其中有当事人、略微知情的当事人，还有前面定义的远方的想了解事件的人，当然也有只为阅读而阅读的读者，这些读者所在的每一个层面都是纯粹的，是一个个开阔、开放的面。

报告文学的写作及其作品，难免要和时代、和具体的人生产生正面、反面的纠葛；必须承受来自四方的批评、赞颂；没有一个放之四海皆准的尺度来度量；也不是每一次都能有一个世界通行的视野来界定。所以，报告文学的写作，不只是体力上的重度付出，每一次写作作者面对的也是一次心灵的历练。这也是我对报告文学作家心生敬意的原因。

报告文学若说在“写”上或写作形式上有优势，那只在于：

它在自由的宽度上，不必像诗歌那样注意韵律格调；也不用像小说那样注意人物身上的逻辑性，追求故事的更多变数和可能。

报告文学所写的都是已发生的事实，或是存在形成事实的某种可能。有些议论、有些情绪，也可以放进文字。

若论优势，以上两点也许是报告文学写作中不多的优势。

历史和现实表明，人对真善美的体悟和认知途径一直是多元的。文学也曾如宗教一样被赋予教化众生向善、向好、向正大的功能。生活的意义不止于生存，不止于物质，内心要有可以产生真善美力量的源泉。这源泉若自身细小，则需外力开源。报告文学或多或少地承担了这一开源功能。若它因此而被一些人诟病，我想，这个问题可以留待时间来解释和回答。

梁文道曾说：

> 我一直相信，每一座伟大的城市都需要一位伟大的作家，去写它的灵魂和故事。

一个城市的精神若要挑出关键词，其中一定有勇气、有忠诚、有热爱。

在城市的家园、人群、平民中深藏着无数英雄，关键时刻能防御一切忧患外扰的，不只是坚固的城池、高高的楼群和现代工业；能舍身赴死的，也许还有生活在普通人间烟火中的普通人。这样的一座城市，才是真正的金刚之城，是我们所追求的宜居之城。

《北京保卫战》不只是在为一些平民英雄做传；还是对一个时代面对自然疫情现场的再现和还原；更是记录一座城市如何建立并巩固自身传染性病毒防疫防线的历史传记。

《北京保卫战》中人物众多，有名有姓的病患达数十人，还有医生、护士、出租车司机、官员，这些人物因突发的疫情而聚到一起，他们的关系是上下级、同事、朋友、亲密爱人、夫妇、父子、母女，他们是居住在同一个城市的人，都是共和国的公民。

那些牺牲了的人，埋进了这个城市的泥土。

那些活下来的人，还要在这个城市继续生活下去。

物阜民丰之时，自然在成全着人类的同时，也在发起一场场灾难，考验着人类。

作者也是这个城市的居民，他在文中也写到了自己的心路历程。

当女儿也出现发烧症状时，他内心极度矛盾：是，还是不是？是去医院，还是不去？当时作者的内心活动是：

> 假如女儿被传染上“非典”，被急救车拉走，我一定毫不犹豫地跳上车，与她一起走进病房，每一分每一秒都一起战斗。

此心亦彼心，人的心总是相同的。

作者甚至写到自己平生第一次向苍天求助，祈祷保佑和护持：

> 闭上眼，又合拢双掌，默默地祈祷了三声：老天，请你无论如何保佑我的女儿平安无事。

病毒一直在变异，每一天，都在突变。

进行“非典”病毒研究的丁丽新，是书中的重要人物。这位漂亮清秀的女大夫在病毒实验室工作了十几年，有一个上小学二年级的儿子。

丁丽新说：

> 流感病毒一直在变异，就像我们人类自身不断发展一样，病毒也是在不断优胜劣汰，留下来的和新出来的，绝对都不是些孬种，一定是对人类具有特别的杀伤力。

那一段时间，牺牲了太多的医务工作者。东直门医院的段力军医生牺牲了，武警北京总队医院的李晓红医生牺牲了，第一次发现“非典”病毒的意大利医生乌尔巴尼也牺牲了……我愿意用牺牲这个词。

当丁丽新也被隔离之时，他的同事林长缨站过来说：

> 丁姐你是美丽女神，一切魔鬼见了你都会吓跑的。丁姐假如你真有点事，那我们都会毫不留恋地跟着你走……

在丁丽新隔离时，天天过来陪她吃饭的沈壮说：

> 丽新你放心，真要有事了，就把我的血清献给你。

还有那支由2500人组成的临时组织——流行病调查大队，他们是“非典”战役中一直冲锋在前的生死突击队。

这些细节，都是一部作品的灵魂。

一部作品写给现在和未来的读者，也写给历史，因为历史必须被铭记，历史是未来时代回望今天的依据。

报告文学是更近“史学”的“文学”——以“文学”的审查态度读它，会觉得它不像“文学作品”。我将在本书第三章中专门探讨报告文学的史学意义：记录曾经的时代里人们如何生活；他们的生活、生存状态；政府机构如何运行……报告文学珍贵的、有价值的部分即在于此。而大家孜孜探讨的报告文学稀薄的文学性，只是它的一个无关大局的品质。若谈文学性，今天的有些小说、诗歌的文学性也已日渐稀薄，言语文字粗糙、鄙俗，精神意义和趣味低下，这难道不更值得被关注和议论？

在我研读报告文学的过程中，每见到同仁或读者，只要有机会，我总会了解他们对报告文学的看法。其间听到的一些评论，我都记在本书中。

有一些人但凡见一本书中出现了国家、政府、政治主张，就不看自明地认为这个作品是弘扬主旋律，是表扬稿，没有批判精神和批判性。他们认为只有批判，才代表作品真正有良知与温度；所有的作者都应是社会不公或弊病的诊断家，才是为文之大道。这种国民心理和阅读批评心理从何而来耐人寻味，这是一个有意味的、值得探讨的问题。何为真正的有良知的评价或批判？其中对作品真实性的庄严审视是不可或缺的一面。

《北京保卫战》是一部现场感直击人心灵的作品，因为报告文学可贵、可敬的“到现场”，从而将这一病毒如何流行、感染和被控制的事实呈现给现在和未来了解。这再一次证实“真实”是一部报告文学作品真正的魂魄和力量所在。当然，作品在行文中建构出的价值观，解构作品的技艺也同样值得追求。

11. 因为需要反复唤醒和重申——从《南京大屠杀全纪实》谈重大历史事件重写

何建明在《南京大屠杀全纪实》的序“迟了77年的国家‘公祭’”中说，之所以会对南京大屠杀这段耻辱和受难历史进行重写，一是因为2014年首个南京大屠杀死难者国家公祭仪式的到来；二是因为南京大屠杀遇难同胞纪念馆朱成山馆长的话——至今还没有一本全面、全视角记写这一事件的作品。二十多年前作家徐志耕写过这段历史，美籍华人记者张纯如也写过。前者的作品重点是作者亲自走访了一批仍健在的战争幸存者，获得了十分珍贵的口述；后者则以一个女性的细心和可敬的职业精神，收集、整理了很多国外媒体等机构当时对南京大屠杀的报道。两人视角各异，都是珍贵之作，现在看来均堪称经典。

何建明在该作品的后记中说：

> 一个仪式上的沉默与哀悼，只能在大环境、大氛围中瞬间让人感动与触动，只有通过深入的了解、冷静的思考、潜移默化的灌输，才能形成主张与观念，才能形成信仰与意志，并从历史的经验与教训中认识个人层面、国家层面及时代层面上的种种深刻的问题，在一个人内心构筑信仰、坚定主张。

这或许可认为是何建明选择重写这个重大历史事件的初衷之一。

这是一个消费主义盛行、娱乐精神四处绽放的时代，也许在这个时

代节点上，重写一次民族的耻辱，是让警示之钟再一次长鸣或长植于国民内心的一种途径。

这样的事，总要有一个有血性的国人来做，这是文学精神之外，甚至可以说是和文学无关的壮举。

礼和法自古是一体的，中国从古至今一直是一个尚礼之国。而为法者，有典、有律、有治、有场，才能办之有法，循之有礼。一个讲究礼法之国所养育的民族精神，其中人的性情必然是谦和、礼让、宽厚的，必尚礼重于尚兵，视法纪和礼仪为王道、天道、人道。

侵略是没有人性的，是剥光一切礼法、制度、规范后去掉了所有人性的行为。对于此，必须“以眼还眼，以牙还牙”。

何建明选择重写这段历史，我认为可看作是作者对经典战争题材的一次尝试，抑或是源于经典事件对一位男性作家的诱惑。军旅出身的人，自然别有刚烈。文学行为中，常见一些对经典戏剧、小说的重写，但鲜见有报告文学对一个事件重写。

对经典题材的“重写”，之所以能被社会的文学观念和读者所共同接受，我认为理由如下：

（1）经典皆已经过时间淘洗，有了更容易被认知和识别的基础。

（2）就像一千个人心中有一千个哈姆雷特、贾宝玉、杜丽娘形象一样，每一本被重写的经典中的人物都是不同的，对于不同时代的读者，对于不同时间段、不同精神境况中的同一个读者，都有不同的呈现。每一次重写，都是作者向自己或读者发起的一次同谋或精神统战：在原题材、原著上新发枝节、精神，使它们更符合或不符合一部分人的内心愿景，这满足了一些读者对“故事”的好奇心、修正心，以及掌控结局的期待。

这些存在，使“重写”行为一次次成为文学现实，并得以不停继续。

比如戏曲中的重写，在京剧、昆剧、黄梅戏中都很常见。同样的题材如《红楼梦》，其中宝黛题材各被写为不同剧本。这种现象也常见于电影、电视剧本，小说也多有重写之例。这些对经典题材各种形式的重写中，有重写真实历史人物的；还有同一事件在各承载方式中转换的，如将剧本故事重写为小说等。小说一直有以真实历史人物进行再创作的传统，如鲁迅的《铸剑》等作品。各经典著作中的人物更是频频被重写，如《牡丹亭》《西厢记》《封神演义》《三国》等。

小说、戏剧的重写往往更容易实践，因为小说或戏剧这些文体本身允许无尽的虚构。人物可以从里到外、从头到脚、从毛发到精神全部虚构，即便是历史上确有之人、有名有姓之人，只要写进了小说就可以尽兴地去编排他的性格、行事，甚至他的出生年月、婚姻、命运、人生结局都可以重设。

至于事件，更是有的、无的，听过的、没听过的，新的、旧的，有影的、无影的，一派增增减减，添水、添米、添油、添醋，一路恣意地写而不虞方家或读者指摘。

这种重写时的添加、增补可以遍及全篇，无论情节、故事或人物，事件中的人由二而三，由三而四，发生地由甲地而乙地，都无伤于大局。写到兴起，甚至可以为人物重定生死、婚配和姻缘，也可以重定父母、兄弟和堂亲，恋情也可以加上几段，不管是有凭据的还是轶传的，是铁案中的人物还是家喻户晓、人所共知的人物，都可以进行重构。

报告文学对经典重大题材、重大历史事件、各种人物的重写，却囿于无法突破的困局，这种困局是铁铸的、无法打破的。报告文学在面对“重写”时的困局，有以下两点：

困局一，事实只有一个，无论千面万面，都只是同一件事，发生的、存在的都已固定。若想出新，只能是寻找到更新的资料、证据，而这些只是增加、丰富、完善事件、人物而已，无法给重写带来更大的支撑。若无新意，一切将只是定势之局，一样的资料，呈现出的真实只有一个，这样的真实无须重复。

困局二，报告文学选择重写的历史事件和人物都是当代或已有历史记载的，由于信息的广泛传播，检索资料途径的日益方便和完备，公众对其皆已有自己的“了解”和“认识”。如何面对这种“了解”和“认识”，如何突破这种心理定式？

其他细处不再赘述，只此两点就是粗壮坚韧的牵绊绳索，束缚着报告文学作者的笔、思想、思维方式和眼光。

直白地说，报告文学所面对的这种困局就是：写来写去仍是同一个事实。对于重大历史事件、人物，尤其是已形成定论、定式的事件和人物，事件发生的场景确定、地点特定、时间固定，这样的情况还能写什么？如果是小说，还可拎出其间的某个人物，以其可见的行为去探索其心灵，或也能生出些趣味和意义。而报告文学不是这样的量器，也不是类似作用的衡尺。

回看何建明写《南京大屠杀全纪实》，其在写作之初一定也面临了如此状况：如何用自己的笔，以个人的气血、精神，再现历史上这个冗长而血腥的晦暗时刻？

我们在谈论小说作家、散文作家时，很多评论是直接冠以作家称谓的，但一到了报告文学这儿，都会强调是报告文学作家。我觉得这一点比较耐人寻味，也许正是这份好奇，使我觉得报告文学或可赋予它一个全新的视野来审视，而不必总把它放在文学的篮子里，总是在结构、语言、情节的处理、人物的命运中去谈论它。

在读《南京大屠杀全纪实》之前，我曾读过作者的另一部作品《忠诚与背叛：告诉你一个真实的红岩》（以下简称《忠诚与背叛》）。读完这两本书，我忽然感觉作者正在试图把自己审视题材的眼光，从现实投向历史的另一些重要时刻。这两部作品，似乎在作者的写作实践中有了探索意义和里程碑意义。正是在这些对历史事件的回望中，有了和原著《红岩》不一样精神的《忠诚与背叛》。这一次对《红岩》中人物的重写，可能无形中也给了作者尝试对其他重大历史题材和人物进行“重写”的勇气，然后就有了我们现在正在讨论和分析的这部《南京大屠杀全纪实》。它带给我们的是报告文学这一文体对于“重写”困局的思考和实践。

这份被定义为给共和国第一个公祭日的献礼，其意义现在看来也许确有两层，一是期待以此唤醒和重申民族历史记忆，二是报告文学对“重写”困局的突破。

《南京大屠杀全纪实》写在《忠诚与背叛》之后，两部作品在精神意义上也有不同。

《红岩》作为一本小说，曾深入几代人心，是国民党集中营幸存者罗广斌和杨益言据其狱中经历所写。这是一部家喻户晓之作，也是我小时很喜欢的一部书，我喜欢书里的很多人物，小萝卜头、江姐，还有那面绣着红梅花的红旗。我喜欢后来人们为江姐所写的那首《红梅赞》：

> 含着热泪绣红旗，热泪随着针线走，与其说是悲，不如说是喜。

我们的父辈有很多人是在对《红岩》的喜爱和崇敬中长大的。

《红岩》与《忠诚与背叛》，同是写我们已通过各种途径有所了解的历史，同是被不同时代、不同作家写过的历史，那么它是如何突破重写困局的呢？

《忠诚与背叛》是报告文学写作对经典题材“重写”的一次探路。作者在写作中选了和小说不同的解析和叙事路径，使读者在无意中、无任何微词地就能接受这些早已熟知的人物在一部报告文学作品中以全新的视角出现。这是一次成功并令人欣喜的“重写”，它解决了我们之前提到的报告文学“重写”的困局。

《忠诚与背叛》中写了真人、真事和真实壮烈的牺牲，令我动容的是，我通过《忠诚与背叛》读到了《红岩》背后那些有血、有肉、有真姓实名的先辈。作者写到《红岩》的作者罗广斌出狱后，曾向新中国提交过一份报告，在这份报告中，他提了八条建议：

1. 防止领导成员的腐化；
2. 加强党内教育和实际斗争锻炼；
3. 不要理想主义，对上级也不要迷信；
4. 注意路线问题，不要从右跳到左；
5. 切勿轻视敌人；
6. 注意党员，特别是领导干部的经济、恋爱和生活作风问题；
7. 严格整党整风；
8. 严惩叛徒、特务。

现在我们将探讨重心放在《南京大屠杀全纪实》上，它是报告文学对重大历史事件“重写”的另一次尝试。

这是一段特别的、需要铭记也必会被铭记的历史，是一份以数十万同胞生命为代价，给和平时代和未来的警示。这段历史值得“重写”，也必须以反复的“重写”来唤醒这个时代、国家、民族的知耻之心、自爱之心和自卫之心。

首先，作者从观察视角上进行了突破。

作为一个几十年来从没有停止对南京大屠杀这一事件回眸的民族的

一员，作为事件发生后出生的男性公民，作者强烈的男性视角决定了这篇作品对事件评述时渗进字里行间的锵锵之气和兵刃相击之声，以及文字间凝结的冷硬而孤绝的情绪。作者先绕城三周并深入每一个街巷进行观察，后又抽身站到高空反复俯瞰、瞭望，然后再回到今天低头斟酌反思。作者以这样一种状态，以一个相当“全”的历史、地理、时间几重方位视角，以包围之势切回这段历史。

其次，即为“全纪实”，必然要写到方方面面。

先写杀戮前的大决战，然后以时间来推进，屠城第一天，屠城第一周。再然后，拉贝先生的安全区出现，魏特琳日记的主人魏特琳小姐出现……血腥的现场及一个个不同形容面貌的人物次第出场。

在叙述的行进中，遵循了事件发生、发展的时间线索，并对以下问题进行了询问：

对于南京大屠杀史实，后世的人与当时在场的人是如何解读与看待的？

为什么选了南京？南京在日本侵略者心中是什么地位？当时的南京处于什么状态？

抢劫、纵火、强奸、屠城，南京大屠杀中的杀人罪行和对物质的洗劫都是令人发指的，是公开的暴行，公开的羞辱。在屠城期间，据不完全统计，仅强奸案就有二万多起。这些强奸案的共同点是：日军大多三四人为一群，强奸场合多选在光天化日之下全不避人，有人犯罪，有人旁观，而且多是当着女性当事人亲人之面——日军从情感上、礼法上、人伦上彻底摧毁了当时民众的心理。

这种整个民族的伤痛记忆直抵人心肺，罪恶罄竹难书。

资源缺乏的日本，一直虎视眈眈地觊觎中国土地上丰富的物产，这种觊觎、侵犯和掠夺，使他们在踏上我国土之初，就已经丧失了人性。

作为当时国民政府首都的南京，对于日本侵略者自然有不同意味，他们将目光投向南京，也出于他们的攻占策略。

在各种资料、私人日记、信件，各类公开新闻报道中，彼时的南京都是血流成河的南京。

《南京大屠杀全纪实》一书中，“拉贝和他的‘南京安全区’”是最为精华而重要的一章。在其他渠道呈现的资料中，我们都了解过这位拉贝先生，也一直敬仰他高尚的人道主义精神。

中国人先有天道，而后有人道，是为人生道德。天道即为自然规律，人生于天地之间，不可不遵天道，正所谓天道不可违，循天道者始明人生之理数。人道即为人之道，将人的价值和尊严置于至上之位。这理论远而深吗？并不远，民间有另一个儿童都懂的词——人性，这就是人道。评其人好不好，可谓之有无人性或“人味”。

人就要有人性。何为人性？我的理解就是善而忠义，厚而济世、济人，这皆是人性之属，无论理智、精神还是情感，都能向好、向正。至今还听得民间一些老人家表扬一个人好，不是举多少例子、做多少形容，而只是简单透彻的一句话：那是一个走正道的人。年轻人要走正道，作为人，都要走人道。人人都走人道、正道，这就是良好的社会道德的根基。此中的古风真意，欲辩而忘言。

这些中国民间古老而经久耐用的词，在南京屠城期间，在拉贝先生身上得以一见。人道主义精神、人性，在彼时的南京，在彼时一群丧失了人性、人道的侵略者面前，显得多么珍贵。

写拉贝，也是作者在用一个男性的视角、思维层次和逻辑进行的一抒胸臆之写。从书中可以看到作者对拉贝这个人物的敬仰、肯定和喜爱，以及身为同性的骄傲和赞慕。

前面说到，事件已经是既定的，在那时已然发生，此番重写，只是一次回放和回看，结局已经预知。这里因有回放之意，作者采取了先介绍拉贝其人身份的做法，既有助于读者了解人物，又有助于解释后面对既成事实的推演。先叙背景，然后才是事件；而不是先事件，后背景，再总叙其人。

从当时的背景可看出，南京为各国商贾政要汇聚之地，但其在政治格局上处于空城之势。

拉贝先生，首先他的身份是个商人，他还是一个纳粹分子、一个丈夫、一个德国船长的儿子、一个父亲。

在这场战乱中，拉贝恰在南京。战乱发生时，他本可以先行逃离。但作为一个忠于职守的生意人，他因职务身份的原因考虑保全公司的财产，这些考量使得他没有在最初选择离开。这也使这个人物更近于我们可理解的人性。

后来他在南京的种种义举，一方面是出于他本人高尚的道德，另一方面也是被侵略者令人齿寒的罪行所不断激发的。无数人被他保护，无数心灵因他而存有对人性的希望。幸而，还有这么一个人，一位先生，一些这样的人，这样的君子。

作者在对拉贝先生的书写中，还兼顾了一些人情细节，有填充于时间夹缝中的他和家人之间的缱绻温情，如一束菊花礼物，一封和妻子之间的书信。作者笔下的拉贝，具有《鼠疫》一书中里厄医生精神的原像，里厄医生和住在城外的妻子之间的情节，与拉贝颇为相似。

我想，艺术的想象力源于生活现实，但无论在之前还是之后，均无法超越生活现实本身。

我之所以提及该作品中的一些细节，不在于分析事件，而在于分析作者的用意。事件中的主人公不是我们，他们在处理、在经历。我们是不在场者，作者本人也是不在场者。在今天，我们可以通过各种文件、文献资料、当时的报道等详尽了解当时的情况。作者此番重述的意义，在于重现在和平的今天，我们仍应谨记于心的、流血的历史，这些是不可以忘记的。对于南京大屠杀这一历史事件，对这一血腥残暴的不义之

行，我们要记住三十万同胞无辜的死难，这仇恨不可以忘记和原谅。这罪行是确凿的，万死莫赎。

该作品中有很多对话来自拉贝日记，也有来自其他一些资料的。是否其中的每一字都确凿无误，是读者更感兴趣的。对证之人，今已不在，我们只能依凭浩繁的资料，在其中寻考。报告文学的精髓处，即是对“实”的深究。

《南京大屠杀全纪实》写作的实际难题之一，是如何面对既有的资料、资源：

（1）肯定要转摘、引用诸多当时的文件、当事人日记、当时的媒体报道和后来整理出的文献资料。这些资料该如何运用？答案是没有经过处理而原样使用。基于对特殊历史事件进行书写的特殊性，相较而言，当时在场者的亲述更有不可复制的真实感和温度。作为一件史实所必需的旁证，选更有力的原件显然比选温吞的二手材料于读者更有震撼力。

（2）这些旁证如何穿插于行文之中，或者说如何用它穿引全文？这是一个“裁剪”和“缝合”的技法问题。可如旧例统列于文后——以“附”的形式，但这又使得文章缺了整体连贯感。没有什么能比把当事者亲眼见证的文字放在事件发生当时呈现，更有连接感的了。若是采用各种资料归于一处并列的处理方式，一是有资料汇编之嫌，二是各资料体例也不一，陈杂于一处确有不妥。书中所选择的是穿插处理之法，于各方考虑，相对来说是更顺、更妥当的一种。

（3）能否减少引用，而皆用真实发生的事件来写历史？这是旧问题，是需要每一个作者考虑的课题。在近些年的阅读中，在一些小说家那儿，我也发现了这样的做法，有些内容虽是作家本人代作品中人所写，但因为其连续性和贯通性的无法处理，就以主人公日记、信件等方式置插于文中，以补足书中人物、时间、情节中的碎片感和断裂感——

这是当讲述完整的长故事能力不足时，或者没有更好的捷径把一个故事连接完整时，小说家容易选择的方法。

我们回看文学史，发现中国的作家真的不擅长讲长故事，每当要讲得繁复一些时，就力弱了。

从《搜神记》到《聊斋志异》，都是短故事。四大名著为什么会成为后世公认的名著？除却文字和故事本身外，我以为是因为它满足了中国人听一个完整的、读来妥帖自然的长故事的梦想。到目前为止，讲得最好的长故事，前无古人亦后无来者的当是《红楼梦》《水浒传》《三国演义》《西游记》这四本。其中最好看的是《红楼梦》，它之所以无可替代，引无数人争相研究，最吸引人处，我以为就是作者铺排了一个大背景、大场面，写了一堆人物、一个长故事，有“永远”的味道，即便结局不团圆喜庆，但满足了中国人听一个长故事的心愿。

拎不动“长故事”，其原因也不在作家。也许人生实在空洞，没有那么多可以讲的，没有确实的理由、事件产生让人信服的故事。《红楼梦》的成功处在于发明、发现、发扬了“判词”的功能：用“判词”作线穿起人和事，又没有因此而损害故事的完整性，反而使其更为紧凑。从这一点看，《红楼梦》独占鳌头是有道理的。

对于报告文学，不必写“判词”，但是否也能找到并拥有一些资料，能有类似于《红楼梦》“判词”的功能——必须是能四两拨千斤的，能直接和事件、人物有关系的重要文字。处理得好，它会成为一部作品中的钻石；处理不当，它会成为一部作品中的硬伤。对史料的圆融处理要尊重史料、依凭史料，但也不可把“佐证”权和“书写表达”权全部交给史料。

对历史的记录方式，不能离开时间、事件，而且人物、事件、时间又要互相佐证。如何才能有利于读者全面了解事件的发展真相，了解各历史事件中间的重点分支事件，了解事件发展过程中出现的各个人物之间的关系——应集中描写好人物在事件中的所作、所为、所言，并用另外的人物来佐证这个人的所作、所为、所言，也就是让人物之间互为证人，使分散的史料统一集中于一处，从而展现整个事件在一段时期以来的全貌。

虽然《南京大屠杀全纪实》中叙写的场面很纷繁，但事件的时间脉络很清晰，即得益于采用以上的处理之法。

作者“重写”南京大屠杀，是在呼唤国人不忘国耻的同时，呼吁民族在和平时期仍需绷紧战争之弦，珍重和平生活。铭记历史，警示未来。

真实的历史是人类最好的教科书。只有一个国家、民族的子民有完整讲述历史的能力，才能使它的道德秩序、民族尊严保鲜，并一代代得以传承。中国一切文学的叙事经验基础，溯其源流大约来自三个方面，即来自史、史官、与史有关的各种记载体。

有记有叙者，记叙文也。戏剧、小说，也皆有记有叙。报告文学也有记有叙，除却有记有叙，亦可有议。

现在的评论思潮中出现一个词——跨文体写作。这个“跨文体写作”实在是一个好用的器皿，冠在哪儿都似能讲出道理。词的实用性和物的实用性，算起来也有异曲同工的妙处。有实用性自会被用得多，被更多人认识，就像人也是越有用越好。功利社会通行的原则即以实用为验收万物的标准，为放之四海的标准。无用则意味着被弃置，因生锈而朽蚀，渐渐被移出生活视线，因无用而熠熠生辉是虚无的，如某种精神。“跨文体写作”这个词权衡起来，似属于可用范畴。这个词若按字面意思很好理解，实践也很容易。从现状看，大多数理论学者认为“跨文体写作”是写作技法在一篇或一部作品里的综合交织使用，有议论、抒情和叙述；或者是既有小说的写法，又有散文的铺排；或者有戏剧所讲求的特定场景和长长的对白，又有诗歌的韵致。这种文学或作品现象并不特殊，也并无时代感或新鲜感，只是有的明显有的不明显，实际从哪一部史学、文学甚至科学论文中都能找出这样的实例。从古至今，从国外至国内，每一部作品都存在这样的写作特性，我们只是以表现明显的部分作为其主要特征看待，并以此认定其文体类型。

我在图书馆读该作品时，坐我对面桌的一个文学系的女博士忽然伸过头来说，她也才读过《南京大屠杀全纪实》，她说感觉这部作品不像“报告文学”。我问她像什么文体呢？她说有点像小说，又不太像。我想，她所要表达的可能就是这个词——“跨文体写作”。

《南京大屠杀全纪实》在写作中，确实综合了各种文体处理素材的方法，如小说如何处理情节的发展和转折；戏剧如何架构同一时间内、不同场域发生的事件；散文如何在记叙中力求与记叙对象处于共同的节奏之中；有的篇章还能感觉到作者在有意强化文字对于事件记述的“镜头感”。

以“拉贝和他的‘南京安全区’”一章为例，若单拎出来，若读者不知此篇中斯人斯事皆是真实，会误以为这是一篇事件虚构的小说。文学一直在随着时间、历史的发展而推进，边界越来越远、越宽，概念也越来越模糊。穷精力以厘清这些界限，不如关注作品本身更有意义。跨文体之说是针对写作中对人物、事件的结构技法而言，报告文学写作尊重真实才是第一要义，其他枝节是作者个性化的、私下的选择和处理，至于他以什么盘子盛他的作品，以什么样的手法端出，他炒菜用什么程序和顺序，概由他个人挥洒。

屠城一事，千古之大耻。一座城，不是被自然的雷电雨雪所击垮、淹没，也不是被病疫摧毁，而是被同为人类的屠刀所砍杀，被住在城中之人的血水所淹没，这样的历史，重写一百次也不够。这也是报告文学再一次郑重、庄严地向时代和这个和平社会的发声和发问。我们要关注这种文学价值观念，这也是文学一直没有继续“小众”下去，没被四起的、天天升级更新的大众娱乐方式“淹没”的原因，真正有“精神和力

量”的文学将永远无可替代。

我在读《南京大屠杀全纪实》时，同时选读了另两本书——《鼠疫》和《都柏林城事》。

《鼠疫》是一本小说，用另一个词述说即为虚构之作。它是作家加缪的重要作品，加缪因此而获得了诺贝尔文学奖。这个故事写的是一个名为奥兰的城市，在突发鼠疫后人和自然瘟疫之间的对决。我在读何建明的另一作品《北京保卫战》之时，浮上心头的不同时空、场域、境地的医生形象，竟与《鼠疫》一书中的医生形象有合一之感。

《都柏林城事》写的是一座城市的起义和暴乱，内容与屠城不尽相同，但写法上或有些许关联。《都柏林城事》是爱尔兰作家詹姆斯·斯蒂芬斯的代表作，于1916年出版。这本书由《都柏林的暴动》和他的另一篇代表作《金坛子》两部分构成，是一部杂集，以日记形式记录了作者在1916年复活节起义期间的所见所闻，也是来自现场的第一手记录，类似《南京大屠杀全纪实》中拉贝的见闻。《都柏林的暴动》以一个普通民众的视角，记叙了这次起义的意义和实况。《金坛子》实不和前面的起义相关，是一则以全新笔法重述的爱尔兰神话故事，可贵之处在于其中极大限度地保留了爱尔兰文化特色，如风俗、习惯。我想将看似不相关的起义和风俗放在一起，若有理由，那一定是因为这是同一个城市不同时间的两种境地，读来令人唏嘘。《都柏林城事》的文体也是纪实文学，或也可称它为报告文学吧。它的章节划分亦有意味，也是以时间为序：

第一章 星期一　　第二章 星期二　　第三章 星期三

第四章 星期四　　第五章 星期五　　第六章 星期六

第七章 星期日　　第八章 起义结束　　第九章 志愿军

第十章 部分领军人物　　第十一章 劳工与起义

第十二章 爱尔兰人的问题　　第十三章 哲人之旅（金坛子）

在第一章“星期一”的开篇，作者写道：

> 每个人都因此震惊。我想除了领导者之外，连那些志愿起义者自己也为这一切感到惊异。然而，就在今天，宁静的城市不再宁静：枪声四起，响彻全城每个角落；冷不丁还伴有机枪声突突作响。

然后作者将自己的视角介入其中，作品的视角形成：

> 从两天前开始直至当下这一刻，战争看似还很遥远。远到我还跟自己立下了个约定——要学习识谱。因为汤姆·博德金答应我说要让我见识一种叫做德西马琴的乐器。

《南京大屠杀全纪实》中关于拉贝其人其事的一章，后来抽出来出版了单行本《拉贝先生》，亦是完整、雅净、激越。

和独立的《金坛子》不同的是，《都柏林城事》是将先前写好的《金坛子》收入，用更多的传说、故事中的哲学意味来增加都柏林应有的纯净、美好和丰富，但看起来又似和前面的故事无关，人、城市、智者和神明，粗看之下如同合并的杂集。《拉贝先生》则是《南京大屠杀全纪实》全书写成后抽出的，原先与整本书是一体的、互相贯通的、没有分开的，而一旦分离出来，却又是完全独立的，有足够力量单独存在的。这是中西两本关于城市历史纪实的不同，前者是都柏林这个城市的民众自发起义，后者是南京被他国、他族所荼毒，后者的罪行更令人发指。

时间不过百年，所有流下的热血都还没有冷却。我们共和国的历史是真正的教科书，我们要从《南京大屠杀全纪实》中读到精神，读到担

负今天和未来的力量。

有《史记》的中国历史和没有《史记》的中国历史是不一样的；有《史记》的民族和没有《史记》的民族是不一样的。《忠诚与背叛》中牺牲了三百多人，《南京大屠杀全纪实》中则是三十万人。红岩与雨花台，是母亲河长江边上的两个城市的两处英雄冢。

我们今天的中国人要怎么和这个世界相处，和历史相处？这是报告文学对历史的“重写”中给我们这个时代中人的提问。我们要秉承和拥有一种让我们自己内心强大，从而去推动这个时代强大的信念。这个信念在哪里，如何生成并永远葆有？

我想藉此文疾呼，让一个国家、让英雄、让百姓流下鲜血的历史，是不可以忘记的，这就是南京大屠杀事件“重写”的意义。

因为这个意义，使我对报告文学、对重大历史事件的“重写”深怀信心，并相信该作品对“重写”这个困局有突破和突围意义。

12. 何建明报告文学作品创作情况

何建明报告文学作品创作年表：

1. 湘西探险记	1978 年
2. 腾飞吧，苍龙	1980 年
3. 第二道战壕	1982 年
4. 缉私大王	1986 年
5. 神秘的禁区	1988 年
6. 东方毒蛇	1988 年
7. 警卫领袖风云录	1993 年
8. 东方神话	1994 年
9. 共和国告急	1995 年

10. 落泪是金　1998年
11. 中国高考报告　2000年
12. 生死瞬间　2000年
13. 恐惧无爱　2001年
14. 北京美女　2002年
15. 根本利益　2002年
16. 国家行动　2002年
17. 永远的红树林　2004年
18. 李婉若：从中国留学生到美国女市长　2005年
19. 我们可以称他为伟人　2005年
20. 部长与国家　2006年
21. 这里的世界最明亮　2007年
22. 国色重庆　2007年
23. 破天荒　2008年
24. 生命如歌　2008年
25. 台州农民革命风暴　2008年
26. 生命第一——5·12大地震现场纪实　2008年
27. 东方光芒　2009年
28. 我的天堂　2009年
29. 平凡与非凡之间　2009年
30. 一个男人的财富诗章　2009年
31. 红墙警卫　2010年
32. 忠诚与背叛——告诉你一个真实的红岩　2010年
33. 天堂创造者　2011年
34. 他如此爱着土地　2011年
35. 燃烧的中国海　2011年

36. 向生命施爱 2011 年
37. 桥头堡的涛声 2011 年
38. 国家——2011·中国外交史上的空前行动 2011 年
39. 天歌 2012 年
40. 三牛风波 2012 年
41. 非典十年祭——北京保卫战 2013 年
42. 江边中国 2013 年
43. 让大海告诉你 2013 年
44. 心声 2013 年
45. 雨花台的那片丁香 2014 年
46. 南京大屠杀全纪实 2014 年
47. 国绣手姚建平 2015 年
48. 真假之间 2015 年
49. 爆炸现场 2016 年
50. 死亡征战——抗击埃博拉 2016 年

何建明报告文学作品获奖情况：

建国 35 周年全国优秀报告文学奖（1984）《腾飞吧，苍龙》
第一届金盾文学奖（1988）《第二道战壕》
第二届中华宝石文学奖（1990—1995）《野性的黑潮》
珠江电影制片厂优秀故事片（1990）电影《西行囚车》
第一届鲁迅文学奖 (1995—1996)《共和国告急》
第二届鲁迅文学奖 (1997—2000)《落泪是金》
第一届徐迟报告文学奖（1978—2000）《落泪是金》
中国改革开放优秀报告文学奖（1978—2008）《落泪是金》
第一届正泰杯全国报告文学奖（1999—2000）《中国高考报告》

第二届正泰杯全国报告文学奖（2001—2002）《根本利益》

第二届徐迟报告文学奖（2001—2003）　《根本利益》

“人民文学奖”特别奖（2004）　《根本利益》

第六届国家图书奖提名奖（2004）　《根本利益》

第四届正泰杯全国报告文学奖（2004）　《永远的红树林》

第四届鲁迅文学奖（2004—2006）　《部长与国家》（又名《奠基者》）

第三届徐迟报告文学奖荣誉奖（2004—2007）《部长与国家》

第 21 届全国城市出版社优秀图书奖 (2008) 《国色重庆》

第八届广东鲁迅文学艺术奖（2005—2008）《东方光芒》

第四届徐迟报告文学奖（2008）　《生命第一》

第二届中华优秀出版物奖（2008）　《生命第一》

新中国六十年优秀中短篇报告文学奖（1949—2009）　《永远的红树林》

中宣部第九届“五个一工程”奖（2003）　《国家行动》

中宣部第十一届“五个一工程”奖（2009）电视连续剧《国家行动》

中宣部第十一届“五个一工程”奖（2009）《我的天堂》

中宣部第十二届“五个一工程”奖（2012　《忠诚与背叛》

中宣部第十二届“五个一工程奖”（2012）　电视连续剧《奠基者》

“人民文学奖”特别奖（2012）　《国家》

“人民文学奖”特别奖（2014）　《南京大屠杀全纪实》

第三届中国出版政府奖（2013）　《忠诚与背叛》

第四届中国出版政府奖（2014）　《南京大屠杀全纪实》

第三章 报告文学作为“文学之一种”的当代意义

1. 回言文学的功用与品质

人类一直凭借科技和对自然的无限向往来征服世界。想征服这世界和人心的，除却科技，还有宗教。也许总是存在这样一种有征服欲望的事物，自身厚大无边且不断扩大的存在。在成熟的文化状态中，一直有政治和宗教的成分，这是无法驳议的史实、事实。文学亦在其中或曰在其旗下。整个人类的文化思想是什么样的？各花入各眼，各眼明各心。学历史的写成历史学的样子，学美学的写成美学的样子，学政治的写成政治学的样子。

报告文学作为文学之一种，从前面的分析看，和这个时代关系是相互对视的，四十年来一直在互相证明着彼此的存在。时代的发展和进步使然，一个独立事物的存在状态，越来越依凭于外物做证。它们相互依附，也互相表达。

每一件事物的存在与否，越来越重视证据的力量。例如，需要用于人活过、存在过的证明凭据也越来越多：出生证、身份证、房产证、学业证、结婚证、驾驶证、工作证。办一件事情有一系列待填写的表格，这无非是证明这是一个活着的人及其活着的状态。人如是，物亦如是，于事件也亦然。人证、物证、言证、书面证，都要攒齐。

谈论一件事物，妄谈、妄议皆是不恭。文学作为社会文化发展的一部分，被有些人在一段时期内看成是娱情之器。然后，它的功用在发展之中不断扩展，有了新的功用，如记史。我想讨论的是：这个时代如何看待作为文学样式之一呈现的报告文学？报告文学在发展中呈现了怎样的自我状态？

我以为成熟的文学批评标准是批判和褒奖都公允而客观，不牵强附会，亦不依附于当时的风气，服膺于作品品质，服膺于时间。

用批评家自己的观点和立场对应作品，任何政治制度中的文学，都是有着作者个人精神意志的文学。作品是一个作家和他的外部世界对话的器具，是他内心的热度通过作品清洁自己的精神，再返回来滋养文字的过程。

写此文之时，正值习近平主席在文艺工作座谈会上的讲话公开发表之际。讲话内容既然发表，必是党和国家慎重考虑在先，调研在先。通观讲话内容，其中严厉批评了当代文艺的一些怪现状，这些现状确实存在。

（1）有数量缺质量：机械化生产、快餐式消费。

> 同时，也不能否认，在文艺创作方面，也存在着有数量缺质量、有“高原”缺“高峰”的现象，存在着抄袭模仿、千篇一律的问题，存在着机械化生产、快餐式消费的问题。

（2）低俗泛滥：把作品当“摇钱树”、当“摇头丸”。

> 在有些作品中，有的调侃崇高、扭曲经典、颠覆历史，丑化人民群众和英雄人物；有的是非不分、善恶不辨、以丑为美，过度渲染社会阴暗面；有的搜奇猎艳、一味媚俗、低级趣味，把作品当作追逐利益的“摇钱树”，当作感官刺激的“摇

头丸”；有的胡编乱写、粗制滥造、牵强附会，制造了一些文化“垃圾”；有的追求奢华、过度包装、炫富摆阔，形式大于内容；还有的热衷于所谓“为艺术而艺术”，只写一己悲欢、杯水风波，脱离大众、脱离现实。

（3）浮躁之风：不能及时兑换成人民币不值得。

一些人觉得，为一部作品反复打磨，不能及时兑换成实用价值，或者说不能及时兑换成人民币，不值得，也不划算。这样的态度，不仅会误导创作，而且会使低俗作品大行其道，造成劣币驱逐良币现象。人类文艺发展史表明，急功近利，竭泽而渔，粗制滥造，不仅是对文艺的一种伤害，也是对社会精神生活的一种伤害。低俗不是通俗，欲望不代表希望，单纯感官娱乐不等于精神快乐。文艺要赢得人民认可，花拳绣腿不行，投机取巧不行，沽名钓誉不行，自我炒作不行，“大花轿，人抬人”也不行。

（4）作风漂浮：走马观花、蜻蜓点水下基层。

我讲要深入生活，有些同志人是下去了，但只是走马观花、蜻蜓点水，并没有带着心，并没有动真情。要解决好“为了谁、依靠谁、我是谁”这个问题，拆除“心”的围墙，不仅要“身入”，更要“心入”、“情入”。

（5）价值观缺失：什么缺德的勾当都敢做。

我国社会正处在思想大活跃、观念大碰撞、文化大交融的时代，出现了不少问题。其中比较突出的一个问题就是一些人价值观缺失，观念没有善恶，行为没有底线，什么违反党纪国法的事情都敢干，什么缺德的勾当都敢做，没有国家观念、集体观念、家庭观念，不讲对错，不问是非，不知美丑，不辨香臭，浑浑噩噩，穷奢极欲。现在社会上出现的种种问题病根都在这里。这方面的问题如果得不到有效解决，改革开放和社会主义现代化建设就难以顺利推进。

（6）崇洋媚外：把作品在国外获奖作为最高追求。

如果“以洋为尊”、“以洋为美”、“唯洋是从”，把作品在国外获奖作为最高追求，跟在别人后面亦步亦趋、东施效颦，热衷于“去思想化”、“去价值化”、“去历史化”、“去中国化”、“去主流化”那一套，绝对是没有前途的！事实上，外国人也跑到我们这里寻找素材、寻找灵感，好莱坞拍摄的《功夫熊猫》、《花木兰》等影片不就是取材于我们的文化资源吗?

（7）钻进钱眼：成为市场的奴隶，沾满了铜臭气。

文艺不能当市场的奴隶，不要沾满了铜臭气。优秀的文艺作品，最好是既能在思想上、艺术上取得成功，又能在市场上受到欢迎。要坚守文艺的审美理想、保持文艺的独立价值，合理设置反映市场接受程度的发行量、收视率、点击率、票房收入等量化指标，既不能忽视和否定这些指标，又不能把这些指标绝对化，被市场牵着鼻子走。

（8）吹捧奉承：红包厚度等于评论高度。

文艺批评是文艺创作的一面镜子、一剂良药，是引导创作、多出精品、提高审美、引领风尚的重要力量。文艺批评要

> 的就是批评，不能都是表扬甚至庸俗吹捧、阿谀奉承，不能套用西方理论来剪裁中国人的审美，更不能用简单的商业标准取代艺术标准，把文艺作品完全等同于普通商品，信奉“红包厚度等于评论高度”。文艺批评褒贬甄别功能弱化，缺乏战斗力、说服力，不利于文艺健康发展。

这八条讲话内容，直指这时代文艺的部分要害。

文学批评中还有一个现象，我姑且称之为“对视”或“对立”情结：此方才出现一个观点，彼地就有人站起，如同接下英雄帖，开始口诛笔伐，充满审视或敌视地找另一方观点的漏洞、问题，而忘却真正有度量的批评品格是真实和公允。我认为，应坦然认可自己也能认可或赞成的部分，需要探讨和不认同的，不能站在同一立场的，有涉及学术观点、立场的问题，可只就此探讨而不必延伸于其他。

理论和思想、存在和本质之间，值得所有人——不论尊卑贵贱，一并回到文学的功能前一起共议，这建立在耐心的阅读和真诚的探讨之上。既为文学研究，就有批评和欣赏两层意义，不单单等同于文学批评，也不单单等同于文学欣赏，这是我的狭隘理解。

所以，在这个链环上的每个人，作者、读者、评论者，出发点应只是作品，然后在阅读中做到正视和自省。

这种谈论可以来自文学写作、阅读经验或文学观念，还可用理论定义来讨论，或用有各种主义之名的方法来阐释，解决在阅读、评论时发现的问题。我有时发现，文本自身呈现的特质事实，不是既定的概念就可以涵盖的。

近四十年文学实践的事实是报告文学作品大量出现和存在，但相关评论并不到位，或者有些评论家本身也是看不起报告文学的。这个“看不起”并不是空穴来风，在本书的写作过程中，我也一直在关注、思考这些问题，并陆续呈现出自己的发现和思考。

总而言之，这个时代需要的报告文学，被我们赋予了太多东西，这个负重使它在部分程度上失去了文学本身被我们期望的品质。

报告文学因事实的禁锢，失去了对生活的想象和用文字修饰的发挥空间，相比小说，它的叙事和所有情节、人物皆是实在的、呆板的，这样呈现出的阅读空间肯定显得有些无趣味。社会文化对存在的一切人、事、物的理解和呈现皆是原象、原状、原装，不接受众的想法和是否接受来组织它们的出场状态。文学的有效意义来自读者，他们对作品维持的长久鉴赏是作品的生命力之源，这个鉴赏里也包含着被需要和认为有用。

我们无法要求评论对于每一种文体的发展和出现都能及时到位。从文学史来看，真正、真实、客观、公允的评论，往往发生在这个文体或作品存在很多年之后，很多当时、当世的人都不存在之后，剔除了一切浮在表面的东西之后。

我们的文学经验是，在一部作品的存在和传播的有效途径中，被重要的经典选本节选，被有文学话语权威的人评论，都是重要的途径。从目前现状来看，报告文学相较于其他文体的传播实是薄弱，虽然之前的编年史、年代记已有报告文学的初象，但它的实际出现要比小说出现得更晚。

2. 在“一个时代有一个时代的文学”的语境中探讨

在过滤这四十年的报告文学作品时，我一再想到元曲。后来，在动手写本书的过程中，我心里也一再思及元曲。此处试将报告文学与元曲进行对比，这也是本节标题的来源。

王国维撰写《宋元戏曲史》言之恳切：

> 凡一代有一代之文学：楚之骚、汉之赋、六代之骈语、唐之诗、宋之词、元之曲，皆所谓一代之文学，而后世莫能继焉者也。独元人之曲，为时既近，托体稍卑，故两朝史志与《四库》集部，均不著于录；后世儒硕，皆鄙弃不复道。

其中论及元曲之语，与今天报告文学之处境，有情貌相通之处。

源于民间通俗文学的元曲，实际的文学地位一直低下。在当时及后面的明清两朝，从未得到正史和学者的推崇、承认和重视。

唐诗、宋词、元曲加在一起，前后是六百多年的时间历程。中国三千多年古典文学历史中，先秦诸子文，汉代大赋，六朝骈文，宋人四六，明清小品、小说、楹联、八股，各有体格。

元曲一直低微，这也是元代社会政治背景中的现实。元代社会是灭了南宋而建的社会，疆域辽阔，虽然政治上专权至极，却还相对太平。相对于后面的明清两朝，城乡经济呈繁荣局面。

这一时期的文化于民间的呈现，其显著现象之一是有了更多的剧场，三教九流的观众能有闲、有钱于劳作、饭食之余，安定坐下看看戏，有了一些所谓的闲心。显著现象之二是各民族之间文化有了历史上最大的相互交流和融合，使民间的通俗俚语有了快速传播的渠道，得以四处流传。显著现象之三是此时的交通开始大发展，京杭大运河沟通了四河。显著现象之四是国民上下开始重视科技，农耕中开始融进科技成分。元代这一时期，还有一个现象是普通读书人的社会地位并不高。元时有读书人自嘲：“八娼九儒十丐”。将读书人列在“娼”之后“丐”之前，这据说和元前期曾废除科举制度有关。

这样的背景，使我们今日所见的元曲呈现出多样的状态、题材。创作者的视野进入了柳巷、烟村，或者很多创作者本就是乡野中人。元曲中鲜明生动的时代气象跃然纸端，语言通俗一改前风，几近于口语，不识字的人听别人读了也能懂。

今天，回望宋词之后的元曲，有无拘无束佳句天成之妙，各种情绪掺杂于字里行间。

通俗的如：

> 不读书最高，不识字最好，不晓事倒有人夸俏。

再如：

> 人皆嫌命窘，谁不见钱亲。

又如：

> 风流贫最好，村沙富难交，拾灰泥补砌了旧砖窑，开一个教乞儿市学。裹一顶半新不旧乌纱帽，穿一领半长不短黄麻罩，系一条半联不断皂环绦，做一个穷风月训导。

有趣的如《红绣鞋》：

> 裁剪下才郎名讳，端详了辗转伤悲，把两个字灯焰上燎成灰，或擦在双鬓角，或画作远山眉，则要我眼跟前常见你。

随手翻来，这些字句曲儿，也有趣、也任性、也粗糙、也自在。一个时代风貌中的文学，总有其自成体系处。

元曲作为一代时政、文化风气中形成的文学体裁，今天回看它，别有其时代质感和淳朴动人之处。做为辉煌的唐宋诗词之后的文学形式，它一样穿越了长长岁月，慢慢在时间的淘洗中，显出了自己不同于以往文学形式的生命力。每一个今天读元曲的人，应该有此感受：它也是当时人们寻找到的抒胸臆、书世象的途径和方式。它之所以流传，也和当时社会文化的大气、科技的发展有关。虽然在早期，它确实是不被待见的，不被正史和主流文化所待见。高雅的唐宋诗词，忽然在此转折走向通俗，一改传统文学的端严、雅净、高雄或婉丽之美，变得异质杂生。文学在此转折，变得体无定式，自由疏散，一改前朝之诗、之词的体式有定及韵律的规范严谨。既如此，它还是不是文学？是否还能称其为文学之一种？答案当然是肯定的。

回到题目，谈论我们到底宜在何种语境中探讨报告文学。我想，也宜在“一个时代有一个时代的文学”这一语境中讨论报告文学。

报告文学这四十年在文坛，在主流评论界的视野中，常被认为文学传统美感稀薄，更重视政治情怀，书写上只对事件进行叙述而缺乏叙述的技艺。

可回过头，就如有一天我们忽然认识了元曲的价值：没有任何一种文学样式能像元曲那样再现社会的丰富性，人心的复杂性，官、商、儒、武、渔、樵、耕、读各阶层的生活及世况情味。在它前面，没有任何一种文学体裁和风格能有这样的丰富和自由。我们终于认可了元曲，它也是一代文学。

作为期待，我也希望对于报告文学，有一天也如元曲一样等来时间最终的检验。而我们在今天，如能坦然将报告文学放在“一个时代有一个时代的文学”这样的语境中，来了解、探讨和感知它，也是一个文学观念上的进步。我相信，我们有耐心等待一个特定时间的到来。

对于文学，我们一直把它的可鉴赏性作为它的根本，而非单一地用于对事实的记叙。在新媒体时代，各种新科技在争夺和替代文学的功能，但文字之美、之力永无可能依赖其他技术实现，这也是文学不会消失、消亡的唯一理由。

3. “非虚构”只是报告文学成长中的阶段性经历

这些年我们面临的一个困扰是，报告文学和非虚构文学各为何物？

“非虚构”这个概念是如何提出的?

在一次会议间隙，我也与几个写作的朋友一起谈到非虚构——这个我们视线里出现并不太久的词。

在参加首届青年报告文学评论家论坛时，我谈到了我对这个词的理解：非虚构，本义即“不是虚构”。我们可以进一步将其理解为：所有内容、细节、基调都被“真实”“原生”的现实图景、元素进入和占据的文本，有强大浓烈的叙事特征，有作者展现的个人对“事实真相”诚敬的还原视角，有尽量节制并真实展现的个人情绪和议论，一切以即将发生或正在发生的现实的真实之状为写作依据和出发点。

这些特征，也一直是报告文学作品中稳定的、被实践的、已经被认同的特征。

基于此，我实在觉得“报告文学作品”和所谓的“非虚构文学作品”实在不是两种隔了距离的事物。它们是同一个意义，只是用了两个名字，是同一个概念之下两种渠道的解读。这两个名字所表述的意义，如同一个人在两个不同时期所用的名字，或在同一时期不同场合被不同的人所称呼的名字。

具体把“非虚构”装在文学的哪一个篮子中，又从哪里再增加一个篮子装“报告文学”，这些讨论本身并无意义。

在我看来，作为一种“文学”物体，装放于何处并不重要。同一个人，你用小名、用正名、用他喜欢的名字或另起一个名字去唤他，区别实在细小，只是源于情绪、情感，无本质区别。

只是这个现状既已出现，我们还是对其做一番讨论。

“非虚构写作”之所以在如此短的时间内，广泛进入作者和读者的视线，我认为前提之一是：当前有些人对于写作材料的选取已到了无所不选的地步，甚至丧失了良知和底线。读者内心都在呼唤真实的、有血肉气息的生活在作品中展现。这个展现需要一个命名，一个新的“命名”会赋予其新生婴儿般的纯净气息，我们需要在一个新的命名里实现一个期待。

文学自有诗歌始，再出现戏剧、散文、小说，然后各自再衍生派别，形成一个看似可以随时代之动而演示其繁华的局面，因为根基深牢而枝叶茂盛。其间，舆论的宽容与评论家的肯定和引导，也成为助推这个局面的力量。这个力量，在新时期尤其显出分量。这个时代，文学已经宽广得无处不到，它的边界被无限拓展和推远。同时，我们也应看到，这些助推元素的存在，也使很多作品正在失去思想的纯粹、独立、崇高和骄傲。

近些年，在“非虚构”这个名词之下作品的出现，是读者、出版方对于文学能更加贴近生活和现实的呼唤；是纯洁地期许和希望被无限拓展的“文学”能返归其“初心”的一次表达。

另外，对于作者，也终究需要写下一些有意义的文字。这是文学的出发处，也是文学的终极归宿。

在这个时代环境中，在很多场合我听闻一些被媒体和市场所钟爱的进入文学创作视阈的词，如“穿越”“玄幻”“个人情感”和“肉身欲望”等。也许是因为我缺乏对这些作品阅读的直观感受，我一直固执地认为，这类内容与情绪的作品，给我们的精神滋养终究有限。

也许，在一个全民热爱娱乐主义精神的时代，在消遣主义精神至上的时代，如果把文学看得过于庄重，反倒是看的人自已有不知斤两、不自重之嫌。

我们一直说，人类是有别于其他一切生物的高等生物，如果这个定义成立，那终生的消遣主义者将是不存在的。在人类的各种活动中，所有向往和想象中的热闹和娱乐，都将是暂时和间歇性的行为，不会是能贯穿于一个有力量的时代、一个有思考能力的人的存在。

至于文学创作，一些真正的、有良知的、有个人情怀意趣的、有对心灵的责任的写作，才是有根的写作。

这个根，必存在于每个人浸身其中的生活，无论这个生活离一个作者有多远的空间或时间距离，落实到纸上，再到达读者眼中，都必有其依据和出处。这样的写作，才能真正和时代人事的高高低低之间产生和发展出彼此的亲爱之情。一个人和文字之间，要有互相信任的感情。写的人，脚踏实地用每一个字表达和复原真实的生活、时代、世象、人心，表达这个世界、各群体、事物、自然和自己，这才是对文字的尊敬之礼。乱用文字而成就的文章，让人的阅读行为很不愉悦，强迫和被迫的阅读并不美好，也不易久长。这是每一个作者在追求“文学”之初，在写作途中必遇的且必须解决的问题。

这个问题的另一个层面，是所有的写作都不能脱离作者所在的时代而单独存在。

此处再回到“非虚构”这个词，对于近期标明为“非虚构”的作品，是否有途径和证据指引它为一种新生的文学类别?

论及写法和文体特征，长篇的新闻通讯报道和“非虚构”看起来很相似，而且读来更令人愉快，如在文字的简洁和对事件叙述的细微等方面更有优势。

我们探讨另外一个问题，是否“非虚构”之名只是另一种考量，是在着意强调自己更鲜明的特质，即实现了在作品中完全去除和没有一点虚构的成分。

文学历来被视为源于生活而高于生活，这个“高”是什么意思?是作者看待和叙述事件的角度和胸怀，是置身于其中又以高远的角度审视，用文学的、历史的、审美的综合之心来看。

这个源于生活但高于生活的“高”和“虚构”之间，是否有矛盾处?如果有矛盾处，那“非虚构”的命名本身已和对“文学”的命名主张有冲突。

“报告文学”和“非虚构”（此处暂设两者是两种事物）皆为文学之一种，一直都是以完全摒弃虚构为文学主张的存在：绝对忠诚于人物，忠实于事件的发生、过程和结局，忠恳于事件本身和事件发生的背景。这个主张，从良知上讲，是文学本本分分地接近和还原真实生活的一次实践。无论它以“非虚构”之名出现，还是以“报告文学”之名出现，它们之间在对客观事件的叙述和主观精神主张上，有高度一致的本质目的，有高度统一的实现途径——老老实实叙写事件本身。

那么，二者的不同处到底在哪里？现实呈现中，它们的确是以两个名字体现着本质统一的事物。于此，不妨考证其原因与由来。

（1）“非虚构”这个提法，从这几年显示的实际情况看，既然提出了这一概念，本身就是宣扬了欲将自己和报告文学厘清的立场——和谁都不是同一类，和谁都不搭，是新种类。

（2）细细品味“非虚构”的本意，它是一个放诸诗歌、小说、散文、戏剧皆准的词，是一个可在任何文本中实现的文学特征。

（3）西方文学背景下的“非虚构叙事”和我们传统文学背景下的“纪实”之间，没有证据明确两者有特别的区别。在“报告文学”和“非虚构”之间，也没有特别的关于文体特征、技术主张上的区别。文学，本来就不是以理工科公式和严谨理论的形式存在于生活和艺术领域的。

被公认为报告文学名篇的《谁是最可爱的人》，对于其中主人公的真实性，我们都知道的一个事实是作家魏巍在世时自己所说的：“是杂取了种种人而成的典型化综合”。人物的所有细节材料皆取于真实，此篇作品我们于现在称其为“非虚构”，似乎也没有严肃的“不可以”理由来推翻，即使有这个人物形象“杂取”的前提。

（4）每一个时代对文学的认识均不同，因为表达这种“认识”的人不同，环境也不同，这促使“表达对象”也有了不同的形影样貌。“文学”如自始至终只是一个“人”在时间中的行迹，它的成长在时间中显现的样貌总会有些变化。总有一些人，侧重于关注它的外在变化，为它赋予新功效和新解释，也总有一些人看到了其内里的“如一”，无论看到哪方面，对象均是一个——文学，如是而已。

综上所述，“报告文学”也好“非虚构”也好，都只是一个容器，是收纳一些文字的所在。新篮、旧篮功能实无大的差异，关键还在于所盛之物的品相如何。

经济发展使时代的物质丰富，出现了很多更耐用、结实、好看的新器具，新人看了舒服，老人见了也愉快，也易引起他人观瞻的兴趣。于精神领域亦然，一切有可能“抓取到”、能盛放进来的，不免都拿来一放。

近来所热议的“网络文学”，这个命名也是有趣而有待商榷的，在我看来，它只是一种发表文章的渠道罢了，若以此来命名，那报刊上发表的岂不是“报刊文学”了？这些现象只是表明，时代的发展使我们的文学精神更加宽容。

对于这个外来之词“非虚构”，在某种程度上，也许只是一件事物的中文名而外，所起的一个外文名——外文课堂上，学外文的人通行的做法。

我们从《史记》始开文学纪实之风，从《史记》建立起对叙事的庄严之心、真实表达和复述事件的笃诚之心。这一风气一直萦绕每一代人的写作视阈和审美视阈，只是在很长一段时期这一珍贵品质未被拎出并放至重要位置，被我们放在了文学的边缘处。

所谓近几年出现的“非虚构”作品热，不是出现，而只是一种文学品质归来的宣告。

“报告文学”仍在成长，我认为把“非虚构”的出现归为是报告文学的一种成长阶段性经历，这是更为理性的说法。在近二三十年，随着经济的发展，有些报告文学作品不可否认沾染了一些市场风气，使其在某一时期名声有失。“非虚构”的出现，从某种心理上是报告文学对其自身所存在和出现问题的表达和发声。

4. 报告文学的“言之及物”品质

在近四十年的文艺创作呈现中，报告文学一直在坚韧而真实地表达着这个时代。著文之礼，必以开宗明义为先。这四十年来，评论赏析于报告文学几无关注，我分析原因为如下几点：

（1）能够进入公众阅读视阈的已不仅仅是文学。即便是对于文学作品，各种荐书信息也太过博杂。在信息闭塞的时代，文学作品担负着让普通读者通过作品了解社会现实和历史的渠道作用；有慰藉人心的功能，是个体心灵的一个去处。我相信，文学目前仍然是我们了解、认识社会和生活的渠道，只是这样的路径，目前看来，绝不局限于文学，而是大大增多了。

（2）报告文学对于人物、事件真实的主张使作品的文学质感下降。在通常的文学理论中，都主张文学应是高于普通社会生活的存在，是经提炼后的生活，是经加工后的生活，而非生活原态。小说讲究情节的发展和变化，有的、没的都可以写一写，十个人、八个人的事也能放到一人身上，因此小说显得更好读。报告文学所展示的只是生活、事物、社会甚至意识形态的原貌，因而会显得沉闷和平庸，无法满足读者多层次的阅读心理需求。

（3）视听和读图时代的全面到来，对阅读时间展开了最激烈的争夺。电视作为生活必备品，广泛地、一览无余地进入所有家庭，电视台不断增设频道并延长播放时间；每个城市的影院次第增多，电影产量、票房激增；手机功能无限扩张，使阅读、视听、拍摄、录音、灯光等功能全面集中地实现。新传媒主张的娱乐性和易于理解性是其吸引受众的优势，其对于物质和精神生活中娱乐意义的无限崇尚和发掘，已渐成趋势。阅读功能中的娱情成分已被扩展、挪移到这些新传媒身上，这已是不争的事实。

我们不妨先从对阅读的认识和一些阅读经验的形成谈起。现在的社会文化，遭受的是传统思想和现代思想交合力量的双重撞击，已经因科技、经济发展等因素产生了质的变化。阅读曾被认为是最能教化人的行为，“世间第一好事是读书”，可见这书中确有大道，有日月乾坤。

以三千年计的文学史，一直是有趣、有情、有义、有理的存在。每个人这一生，多多少少总会读一些书或读很多书：为学习所需，为师友推荐，为无意看到，为工作所需，为个人志趣。

书海浩瀚，每人所汲取的只是一滴。这一滴是略润唇边还是沁润心肺，全凭个人品味和感觉。修炼为资深读者的路，从不轻易。

阅读的意义，是为微小的个人与宽大的世界发生精神联系构筑有效通道。阅读中所看到的另外的生活、世界、物质、精神是多么的新奇；我们生命中有的，可以经历到的，永不会经历到的，想知道的，都将在书本里和它们相见。或溯源而上，或远及于未来，微妙的好奇心被满足而欢喜，内心的坏情绪被抚慰而修正。一直想收藏好又总飘飘然而起的，窥视未知人生状态的惊奇，皆因为一本书而探得。

书若有度人处，那自是比佛祖还谦卑地、小心渐进地、试探地、润物于无声地、笃定地拂洒众生之愚嗔，它必知要灌溉的对象是血肉心灵。读书的部分乐趣还在于自觉、自愿、自动、自发。例如有一次看旧年的课本，居然发现其中有繁花似锦的好，惊艳于天真烂漫的童趣如此契合时宜。但年少时的阅读，那自是加进了派读的滋味在里面，如一颗糖被强喂到嘴里，甜也是甜，但少了趣味。不及此时看到，先被其诱惑，再思之慕之而得。

在我成为一个普通的读者之后，始知这世间除了博学、博览之人是读书人以外，会说母语，会用母语口述传闻、故事和讲述经历事件的，都应是懂得“书”或“文字”的人。比如一个人小时经历的，父母家人为幼童读书的场面是温暖的；儿童识字后于人生的任何时间捧一本书而读的场面，也是内心明净美好的。平常人读书，若非为专业故，所读之书皆可划在文学、艺术、科技作品范畴，而其中大多是文学作品——据我的观测和猜度，并非来自调查。我个人并非重文轻理，但看得更多的也是文学类作品，即便是我读《天工开物》，也是因为我喜欢它的好文字。

在这些前提下，我们再来谈论是谁在写作和阅读报告文学，以及近四十年的文学呈现中，是什么品质赋予了它无法遮蔽的光华？我认为有以下几点：

（1）报告文学对时代生活的深刻介入与记录。如果有一天，有朋友想从近四十年的中国文学成果中，抽出一些作品——作为留给未来的一份念想，如果选择尺度是公允的，考虑到文学的事实经验与传统，并使用目前对文学功能的定义，我想是应选几本报告文学作品的。

倘若想让后世的人、未来的人了解这个时代真实的生活、趣味、社会状况，了解我们如何建新理陈，如何思想和表达所在的时代，我想似乎没有比报告文学更有勇气、更准确和真诚的载体了。那些以这个时代的文学标准所选评出的获得某奖项的小说或诗歌似乎都做不到。

（2）相比同时代的其他文体，报告文学更有及物的品质。这些年，小说和诗歌发生了很多内在或外在的变化，里面有很多内容是我们并不欣赏和喜欢的，如浮躁的细节、粗糙的心灵行为。报告文学也存在这些问题，但其中的一些优秀作品，也确实做到了言之及物和言之有物。例如，《哥德巴赫猜想》《谁是最可爱的人》《包身工》等优秀作品，还有我和师友谈及阅读记忆时，几位朋友都曾言及的《绞刑架下的报告》。

最近身边的一位朋友谈到《拉贝先生》一文，我恰巧也刚读过。

我住在离南京近在咫尺的城市，之前也听过拉贝其人，可通过阅读这本书，我才算真正认识了这位平常又高尚的先生：初心只为稻粱谋，于战乱中生出无限的悲悯和正义之情，几可称为“士”的男人，一位谦谦穆穆的君子。拉贝先生和阿尔贝·加缪的小说《鼠疫》中的里厄医生有着共同的高贵精神，他们也有区别：一个面对的是战火和屠杀，一个面对的是自然疾患对人类的侵害；一个是真人，一个是小说中虚构的人物。

综上，言之及物和言之有物是任何一种文艺创作都不可丢弃的珍贵品质。

5. 报告文学作品的史学意义

逐渐被市场和时代所主宰的当代文学，其经济发展产物的特征日益鲜明。

什么是现代？即现在这个时代，是这个时间所在空间所有的一切存在，一切的综合，它的样子是现在的，不是过去的，也不是未来的。

谈报告文学，要遵从一个顺序，先谈文化，谈这个时代文化的周遭环境，而后谈文学，再由文学谈报告文学。

报告文学在时间长流中的作用是什么？是对已发生的事件用文字复制、复原，并使它在时间中一直存在下去。这是报告文学的职守，是有史学意义的工作。文学本身即有史学意义，只是这个意义一直不明显或被忽略，或者是我们没有尽快发现它的价值。

报告文学一直被认为是文学的边际，是横生的枝蔓，一直徘徊在主流的文学评价系统之外。我认为这是一个遗憾，在本书第二章中，我分析到的报告文学作品，其呈现出的史学价值是非凡而独特的，它对于一个时代中的人、事、物的生动记录，在其他文体中难以寻觅。

报告文学所写的必须是真实事件在真实空间里的存在，即有“根”的东西，由“根”而及“枝节”。而小说、散文等，不一定非

得有这个“根”。

社会政治、经济皆有影响文学的因素或动因。处于其中的文学，往往无法突破事件本身格局，创造新的维度。报告文学，更是只有老老实实地“写”出这个“存在”，才能完成自己。报告文学在处理这种文字真实“再现”时，是踏实的、笃诚的。

就像任何事物都不可能脱离自己所在的环境，忽略外部世界的影响或作用，独自完成自己的新生。在“全球化”这个时代语境中，如何和这个世界建立起自己的关系？文学是否能遗世独立，不管这个世界发生什么，都只用真实的文字来展现世界，和世界发生联系？报告文学在这个时代的文学处境中将向何处去，如何维系或发展，才能使自己凛然独立，建立起自己的文学精神？

将中国文学置于世界文学的框架与背景中，报告文学作为中国文学体式和方法的一种，它对一切存在的事件和人，正在以前所未有的责任与兴趣来记录，它是文学发展中惊艳的存在。

谈论报告文学的“史学意义”，必须理性而负责任地评价报告文学对时代和历史的作用。

（1）我们必须从历史和文学的双重视角去谈报告文学，并不是只简单地把它放在当代文学的背景之中。从何建明的创作中，我们已经看到了报告文学在重大政治、历史、文化、经济、社会事件中从不缺席，它对社会舆情有着天生的敏感和知觉。这些作品所表现出的创造力，都可以就作品而定性、命名，应该把它们从既定概念或范式中剥出，这不是方法或观念的创新，只是出于对文字的尊重。显而易见，何建明的报告文学作品不是典型的自然主义、浪漫主义和古典主义，它只是现实主义。

报告文学成为经典的关键将主要集中在其史学意义与史学价值上。报告文学正在经历成长期并走向成熟期，它并无复杂的派别之说，即或有，目前也尚未建立。

此处我们言及报告文学的“史学意识”，不妨一并谈谈“国家叙述”这一概念或提法。在一些报告文学评论文章中，每提及国家、民族、主义、精神，总有相对统一的认识，认为此类报告文学很有担当，是国家立场。“国家叙述”这个词所言及的只是叙述者或作者在作品中为事、为物、为人言说的立场。这个立场在写作中会因对象不同而改变，有时更多的是“民间立场”，是“为民叙述”。

（2）报告文学作品讲究深度探挖事件的本质和真实，一个成熟的报告文学作者会在写作中慢慢形成这种精神自觉，使书写对象成为有史学意义和价值的存在。文学作为文化的构成部分，其意义是以文化人。文学更是一个可以越过种族、性别、国家、地域直抵人心温柔的存在。文学在各种环境中产生的复杂性、未知性或精神疆域是没有边界的，即或同一个作家的同一作品，我们今天读和彼时、彼地读，都有不同滋味，这是文字魅力永恒之所在。

在新媒体时代，文学面临新的困境——用文字处理和复原事物、事件的技术受到了数字声像技术的冲击。报告文学不再是复原事物、事件的唯一方式，但也正因如此，它可以负责任地以自己的存在方式对一些时代事件、人物进入历史提供佐证。文字较之其他技术，永远有自身的先进性和无可取代性，它的“史学意义”从而更具可考、可察的依据。

宋人罗大经在《鹤林玉露》中写道：

> 绘雪者不能绘其清，绘月者不能绘其明。绘花者不能绘其馨，绘泉者不能绘其声。绘人者不能绘其情，然则言语文字固不足以尽道也。

明代吴从先在《小窗自纪》中给上文做注：

> 夫丹青图画，元依形似；而文字模拟，足传神情。即情之最隐最微，一经笔舌，描写殆尽。

这便是文字的更大意义，是它得以一直存在的理由。以《南京大屠杀全纪实》为例，该作品中支线繁多，在写作技术上也是抒情、议论、叙述反复结合或分离使用，所引资料也颇为博杂。王晖先生在《旷世国难的文学证言》中评价这部作品：

> 跨文体写作使《南京大屠杀全纪实》的全景纪实和全方位反思得以落实和出彩。

在对南京大屠杀这一事件的记述中，作者调用了所能运用的一切材料资源，以文字使这一事件全方位还原。这亦是实地访问的功效，很多材料因时间久远必须用心去寻找。在读者看来寻常的一个数字、一则告示、一篇当时的媒体报道，都必须有确定出处。以此推而观之，每一部报告文学作品，除叙写人物的亲历、自述之外，都必须根据采访内容方可写得有枝有蔓，作者心里服帖，于读者也有交代。

报告文学作品的史学意义与价值来自何处？一是来自作者在作品中为时代建立的精神深度与高度；二是所有事件都浸渍着时代的脉搏与体温，这些事件、人物集合起来就是时代。

文学史使我们确信，有作者个体精神深度的作品才会真正反映社会、时代生活与人心，才会慢慢在时间里留下印迹，在个体精神深度抵达和切入作品之后，一个时代的精神深度才得以确切呈现。

于报告文学作品而言，一个报告文学作者，不到事件现场，不面对当事者，是永远无法知道事件的实况和细微处的。这对报告文学作品的品质实为必要，因这一品质实现了为时代事件、人物如实存档的功能。

用学术批评的视野来看一个时期内的文学作品，有时会放进很多比较，即或对风格、题材、技术、写作中所呈现的所有细致微小处的处理全面洞察，也无法构成对一个时代文学创作情况的全面认识和评价。细到每一部作品，每个细节处理都能服膺于主题，从而形成一个始终如一的整体表达形象，这对每一个作者都不易实现，报告文学创作亦然。

每一部优秀的报告文学作品背后都是作者的职业自尊，这种职业操守中的严谨、认真于时代有着弥足珍贵的意义。此处，仍以何建明的创作为例。在第二章的作品分析中，我们看到了他如何采集材料、现场访问，其工作之细微、严谨、广泛、滴水不漏，成为报告文学作家写作生涯中的利器。以《落泪是金》为例，书中无一细节、无一人、无一事不是源于脚踏实地的面对面访问。这些访问中掺杂了个人的工作经验，这种经验又往往使采访更有效。比如，提前预设出自己需要了解的问题、需要见到的人，围绕问题对某方面材料如何进行精确取舍，都是一个报告文学作家的内功，是报告文学作者相较小说或其他文体作者而言必修的功课。因这一点，才能使作品有联结时代的精神维度。

报告文学作品的素材皆来源于原生态的采访，是与时代图景完全吻合的时代记忆。对于每一次采访得来的材料是否于主旨有用，该如何取舍，这其中涉及的眼光与经验需要长期修炼。采访的目的是为设定好的主题寻找材料，另外也会发现一些新材料，该如何妥善地使用，也考验作者的功力。采访要能解答自己预设好的问题，发现的一些新材料也每每要为它寻找证据、出处并妥善安放进作品中。新材料与新发现，只有在实地访问中方可获得，要伸入时代的褶皱和凸凹处得来。

所以，我将报告文学前期的采访工作视为是将一块皱巴巴的布熨平的过程，是一一检视每一条细微褶皱里是否夹杂、沾染异质的过程。类似于清理一块土石、泥沙俱在的土地，要想将其变为可耕种之地，需清理、深翻、上肥、施水，而后方可播种、育苗。经过这样的繁复，方可

期待那土地上的新芽，方可期待用这一块熨平的布裁一件新衣。

不下如此功夫，想写出人物、事件的精神和品格是困难的。即使写出，也将流于肤浅。那年深日久的褶皱，并不是轻易能为外部力量所打开和展平的，这是作者内心和他所选择的题材之间必经的一场较量。

在本书第二章对何建明报告文学作品的具体分析中，最先看到的就是他和题材之间的较量——较着劲去挑战一个一个看似平凡、看似不入眼、看似不可写的题材。

这个可以写吗？写了有意义和价值吗？

对这两种交织的疑问，若没有坚持下去的毅力，完全可能摧毁作者提笔时的初心。这种和题材之间的较真，是作者与读者之间拉起的防护线。即便以《落泪是金》《我的天堂》等受命或受约之作为例，我们也可以读出作者创作时的“劲”：报告文学作家一定要以自己的力量，以妥帖的角度、见识去撬动面对的题材。在这之后才是文字和解构事件的才情。

报告文学作者如何探查到事件本质的深度和真实，如何对接人物心灵，挖掘出自己期待关注和了解的价值，这取决于作者个人的功力和修炼。这一点也必将影响下一个时代的人对我们的时代生活和生存境地的解读，这无形中赋予报告文学庄严的“史学意义”。

6. 为报告文学建立稳定的文体特征

随着时代的发展，文学也在以不可思议的速度发生改变并被裹挟着——或主动或被动地介入了社会的公众生活。在这个进程中，每个人内心都经历了很多波动，包括文学中人。价值观多元的全球文化视野已然形成，这是时代的进步。

文学似乎正在进入娱乐时代，虽然文学最初的精神也确有娱情娱性成分。文字的碎片式拼接、呓语，毫无羞愧地展露隐私……都是文学的部分。我认为，在某种程度上，在当今时代，某些文学作品和媒体，低估了普通读者的审美能力，也在为拉低这个社会的道德底线助力。

诚然，文无定法。不是所有体式的文学都能维持稳定、统一式样，并保持自己的清洁与高贵。作者个人视线内的世界和外部世界发生联系后，他在作品中显示的价值观也在发生改变，这个转变使文学发生质的变化。

在传统文学的价值体系中，文学创作是一个人的孤军奋战，每一部作品靠一个人的意志，一字一行地去完成。能坐下写一生的作家是值得钦佩的，更何况他还产出了大量于人类、国家、民族、文明的存在和发展有意义的作品。这也是本书选取何建明创作为例，探究报告文学新四十年的缘由。

从文学发展史的角度看，每一个民族、国家的文学都有其源自历史、民族信仰和社会发展的精神。中国文学中的中国精神或民族精神，也都在中国文学作品中有所体现，从《诗经》《史记》到后来的《红楼梦》，但是近三百年的中国文学较之以往历史单薄了很多。

现在的中国文学由于受商业、娱乐因素的浸染，几无古老的中国精神。什么是中国精神？它是多元的，但也是集中的，如忠义、爱国、爱民、爱家、惜物。一个“爱”字、一个“义”字是核心。士为知己者死，富贵不相忘，贫贱不移，感恩，勤劳，善良，踏实，本分，可托付，有担当，崇尚耕读，轻权势，不见利忘义，这些精神都是。

文学的社会价值是什么，我们一直也在分析中探讨。我们所理解并接受的关于文学的审美，说到底要回归个人感受，它是时代、社会经验和个体心灵经验交织的合成物。

在全球化视野下进行文学创作，从一个人的角度去看这个时代在世界背景中的状态，这是一条只有走了才知坑洼和深浅的路。这也是本书在无数优秀的报告文学作品中且选一人之作进行评析的另一个理由。正是一个人，才更容易建立直观感受。报告文学的路将是曲折的，因其文体特征，作品中的任何事件、人物不可偏离事实。

我们不能无视四十年来报告文学在创作中的努力与挣扎：它曾被污为商业气息严重，很多读者甚至无法将报告文学从广告文字中区分出来；很多作家、评论家自身为示清白也远离报告文学；消费主义对人文学科的威胁具体到文学，最先侵入的就是报告文学。虽然报告文学并非只是唯一具有中国商业特色的时代文体，也并非所有报告文学作品都和商业有挂靠。文学中自有讲求“良知”和“责任”的人，这些坚守值得被铭记与尊重。

文学中的民族精神是一直在建设中，还是处于重建状态？

在对民族精神的召唤之旅中，报告文学、报告文学作家做了很多努力。至于对报告文学雅俗之论定，今天述之尚早。如历史上的戏曲、说唱文学都经历过跌宕起伏的际遇。

新中国文学经过建国初期的十七年，再经过“文化大革命”十年，再到今天的新四十年，从客观立场评述，报告文学这一文体及其作品目前只是初始阶段，报告文学的批评体系也远无其他文学体式那样系统和成熟。作者所在的时代往往决定其作品中的一些东西，如格调、叙事模式、题材。真正的文学批评往往发生在作品出生很多年之后，依赖于更开阔的学术视野、俯视万里的胸襟和健康的文学生态。当然，这取决于若干年后“文学批评和欣赏”这种体系还存在——在我看来，它相较于作品本身并无生命力。

四十年来，报告文学在完成自己的文体特征建设过程中，用一部又一部作品奠出以“真实记录”为本的根基，构造出自己独特的、宽广的叙事框架，并博采其他文体叙述技术之长，开放的上端给未来对于文本模式的探索提供了伸展空间；它打开封闭的题材视野，使时代完整的情貌进入公众阅读视线，成为有史学意义的关于社会生活的文字档案。在有限的政治、经济、文学条件下，报告文学始终维持文学写实、写史的尊严，起码比一些只是叙小情、小性、小我的所谓文学显得更有光亮。

报告文学如何建立并稳定自己的文体特征？这是我在对何建明报告文学作品进行阅读、分析时产生的问题之一。我在所读的作品中看到了作者的努力——试图建立更鲜明的报告文学文体特征，为使报告文学成为“纯粹”或“主流”文学所作的努力。何建明的很多作品中，个人精神、自我个性在慢慢稀释，但又处处可见，处处无我又处处是我。要确立这样的境界，需要踏踏实实地或蹲守于现场或弯腰伏于桌前，用一次又一次的访问、一个又一个的文字，用最终的作品来检验自己是否是一个有良知的作家。他的一部又一部作品所展示的社会事件，能从细节中看到社会的脊梁和温度、缺陷和修补，在精英主义、利己主义之间，在良知、向上、向好、向正之心与灵魂浮躁的人群中，表达着这个时代精神和物质的总貌。这种作品必将被史学重视，这种努力值得继续期许。

文学终非实物，它于物质世界的意义还远未被完整定义。对于文学作品的鉴定也并无标准尺度，“文无第一”，现在的一些所谓的尺度，也只是停在演绎概念层面，以既有概念讨论在概念之后出生的作品，这有失公允。

我们对于报告文学，仅停留在叙事经验和叙事技术层面的探索仍是不够的，还要解决三个困境：

（1）因为事实既已发生，所有的了解可能都是滞后的，因滞后而造成无法对“真”和“实”记录。

（2）如何完整、妥帖、合理、合情、合法地介入事件也是问题。

（3）对普遍存在的社会现象进行深度描写也是很大的考验，如描写意识形态，描写当事者微妙起伏的内心世界。

文学的世界早已喧哗声四起，在这种浮躁的大环境下，报告文学所作的努力都值得珍视。

基于文学规律与文学史本质，文学一直和政治结缘，报告文学的文体特质可能使这一点更加突出，因而更受到相对成熟的文体的轻视。

解构文学史的依据各不相同，文学史料、作品进入文学史必须经过时间的选择。进入选择的材料越丰富，越会促进新观点的形成，所成局面也各异。所以，不可小看每一份呈现出的文学资料。至于以什么立场掘取、看待这些材料，每一个时代都不同，各有其侧重。一种已出现的文学会不会流传下去，历史自有其逻辑。无论什么时代，文学所需要的均是一个向四方敞开的状态。

附录　与何建明谈话录

2016年5月，在“报告文学理论研究会”会议间隙，我遇到了何建明先生，并进行了谈话。

1. 文学与时代

苏宁：我个人理解的文学，是在特定时代背景下的一种产物。因认知的不同，审美观念莫衷一是，文本多样，产生了很多被一些人认为无所不能的理论和概念，但都是多元的、无定的。我们接受的文学传统在不断被延展、演绎。全球化、多元化、跨文化，这些词都成为理由。时代的变化，必然使人类生活内涵发生变化，从而影响文学。人性与神性所依赖的基本道德在和现实世界发生的冲撞中涣散，在物质生活需求中瓦解。世界已不纯洁，真正的文学该如何界定？

具体于时代，也许理论家的评赏也不足以为据。不妨在人们的精神空间大开时，重建一开阔的文学视野来评赏进入我们视线中的文学：放开眼界，我们会看到这个文学背景和这个背景的周边，比这背景更丰富和广大的延展。以我的固执，以文学三千年的历史观，第一要义只在于能否打动人心。

何建明：没错，文字本身能打动人、吸引人和感动人，所以才叫它“文学”。无法打动人的文字，不能算文学。但同样也不是所有能打动人的文字都是文学，比如独立的成语、形容词，也能打动人，但它还不能成为文学，只有将其延伸后才可能成为完整的文学体，文体可能就是因此而产生的。

我领会你的问题也许不是上面我所说的方面，主要指的是：不管任

何形式的文体表达，好的肯定是动人的，而对动人和感人的作品而言，什么样的形式其实是次要的。我同意这个观点。

大千世界里，最初的“动人”文体可能是歌曲、说唱，后来才慢慢有了诗歌、小说等，再后来印刷物出现，才有了报告文学这种新文学形式，现在新媒体技术发达了，又出现了“网络文学”这样的“怪物”——几百万字甚至几千万字一部的网络“小说”。

2. 主观现场与客观现场

苏宁：我以为报告文学的艰难之处在于必须去处理文学和政治、商业的关系。不处理这个，报告文学实无生存可能。所以，我也视此为鲜有人涉及这一写作领域的理由。而且在我们的观念里，作家是“文人”，很多人以文人谈政治、谈商业为羞。

我也关注到一个具体问题：报告文学中对心灵的书写如何实现真实？此时此地的发生和彼时彼地的发生，作为作者应如何处理。

何建明：我曾在一次给青年报告文学作家讲课时讲到了“现场”问题。大家都知道，报告文学是特别讲究“现场”的，许多优秀的作品之所以优秀，就是作者抒写和叙述“现场”的本领出色，比如人物的性格、语言和动作等，能写得栩栩如生，活灵活现。道理就在于此，这应该是报告文学作家的基本本领。

但现在有些作者连这一本领都没有全部掌握好，他们用的文字表达和叙述还停留在新闻语言上，故而有不少读者看了这样的作品就批评报告文学“不是文学”，或者称它为“广告文学”，简单来说就是“宣传品”。由于“现场”叙述的本领没有学到手，就说自己写的是“报告文学”，这对我们的报告文学文体是极大的伤害。

我把这种客观存在的事物称之为“客观现场”。作为一个优秀的报告文学作家，即使把客观现场写得再精准优美也是不够的，其作品还不能称之为“优秀作品”。因为客观事物是硬的、粗糙的，有时甚至是局部的、片面的，即使我们感觉很“全面”，但其实也缺乏本质意义和艺术意义的内涵与思想。

我要回答你的问题就是后面这句话：作者内心和价值判断还有一个特别重要的“主观现场”。

何谓主观现场？就是作者自己内心的一种价值取向和“设定”的艺术走向，简单地说，就是他所愿望的那种事物的状态，也就是你所说的“心灵抒写”。

文艺作品的可贵之处就是有作者自我的、独立的思想存在和情感抒怀。无论是报告文学还是其他文学种类，一部作品内容中假如没有作者自己的“心灵抒写”内容，这肯定不会是一部好的文学作品。即使是“素描”，也同样有作者选择的“角度”与“光亮”等主观因素，更何况是一篇报告文学作品。然而，这不等于作者可以不根据客观事物的存在及存在的形态，随意地进行脱离客观事物基本特征、游离千里的抒怀或叙述，尤其是报告文学，这一点绝对不允许。

现在一些非虚构作品之所以受到同行的批评，就是违背了报告文学或非虚构的基本要求——真实性。客观现场的真实性好理解，“主观现场”的真实性如何去遵守，这是你所提问题的根本。

我认为，它必须是在“客观现场”的环境之下、氛围之中、情理之下的那种作家的“自我”想象与判断，是那种站在不同视角和水平线上看待同一事物（客观现场）的“主观”性。不是身在北京而描述上海现场，也不是说的长江情感却抒发的黄河情怀。

我举个例子：很多年前，我到加拿大私人访问，见到一位“老外”，他很喜欢中国文化。临别时，我送给了他一本金庸的武侠小说。没想到七八年后这位“老外”到北京找我恳求道：能不能带他去见见“江湖”。当时我不知所措，因为武侠小说的“江湖”是找不到的，江

湖只属于中国文化中的一个特定的概念。它在现实中其实并不具有客观的、特定存在的形态，也就是说它没有可以找得到、摸得着的客观事物。于是在小说家的笔下，“江湖”形象和“江湖意气”可以任意翱翔与抒怀，这一部小说中，“江湖”内容是标准的作家的“主观现场”。而武侠小说之所以把这些作家的“主观现场”写得那么好，那么令人信服，令人相信它是实实在在存在的，就是他没有脱离开习武人和讲意气者行事的客观事实存在，他把这种意气、性格、行为方式高度凝练、提升了，因而成了一种连“老外”都想寻找的“客观现场”存在了。

理到此处，其实本可以收住了，但因最近的一次杭州之行，我又对武侠小说作家的“主观现场”本领有了新的认识：那天我站在杭州的玉皇山上，那顶峰有一座观景亭，亭上的横匾有四个字——“江湖一揽”。我看着这四个字一下愣住：原来“江湖”不是没有，是有的呀！你看，站在玉皇亭向东望，是奔腾不息的钱塘江；转身向西看，是平如银镜的西湖，一江一湖，代表着杭州的两大景致和不同性格，是活脱脱的客观存在，而且是真正的“江湖美景在人间”！当你站在玉皇山上时，你才体会到原来这个世界上“江湖”是存在的，无论是“客观现场”还是“主观现场”，“江湖”带给我们的是何等的惬意与畅想啊！

在一部优秀的报告文学作品里，如果能把“江湖”一般的“客观现场”和“主观现场”统一、有机地加以叙述与抒怀，那么就是高端和高超的艺术处理了。

请稍等，我所言的“客观现场”和“主观现场”至此，对一部作品而言，其实还没有到底。优秀的作家或者说成熟的报告文学作家，还应完成第三个“现场”过程，即事物的“本质现场”。所谓的“本质现场”，所指的是作品的思想和精神。报告文学一般都是在叙述一个事物，事物除了直面它的“客观”面貌外，以及加进作者的“主观”设计或愿望外，更重要的或者说是作品根本的东西，就是它的“本质”性，即你最终所要表达的思想和精神。这是作品成功的最后一道关，它要求作者具有思想高度、精神深度和情怀宽广度。只有到了这一步，才可以放心地将作品呈现给读者。

现实中的真实一旦“不合时宜”，是规避还是迎合？

现实的东西有太多的“不合时宜”，如果都“合时宜”，这个世界就不用奋斗和斗争了。世界是个矛盾体，也因为它的矛盾的存在与发展，才使得人类文明进程中有道德与非道德、有公理与歪理、有公平与偏袒、有先进与落后、有崇高与邪恶等形态并不断朝着美好的方向前进。

作为报告文学创作者，要对这一客观世界的本质有清醒的认识，否则一动笔就会情绪抵触，格格不入。从某种意义上讲，写报告文学遇到“合时宜”的时候并不太多，越遇到“不合时宜”反而越为自然，这才是正常。

通常情况下，一个作家既要有“合时宜”的抒写能力，更要有“不合时宜”的处理艺术。“合时宜”时，也不能一味顺势而行，完成独立的思考，更精细、更全面、更深刻地处理那些“合时宜”的事物表达，同样是一个艰巨的任务。许多报告文学作品不能令人满意，究其原因，你会发现就是因为作者在很“合时宜”时，过于简单化地处理叙述对象，结果作品里的人与事就变得特别的生硬呆板、单薄浮浅。其最后的命运，也可能是做了一次“不合事宜”的创作。

另一方面，当你遇到“不合时宜”的客观事物以及你内心的“不合时宜”时，我以为你最好的选择是尊重客观现实、尊重自己内心的独立价值意识，从更高的立场和更远大的方向去处理那些“不合时宜”。在我自己的创作中，几乎经常会遇到“合时宜”和“不合时宜”的问题，一般情况下，我都能处理到方方面面皆大欢喜的局面。用我自己的话说就是，每写一部作品，既要“上面”满意，更要读者喜欢，这样的作品才是中国式的报告文学。

如果前者与后面能统一，是最好的结果；如果两者不能统一又必须让你作出选择时，你应该毫不犹豫地选择后者。因为读者或者说我们的人民（百姓），是我们的“天”，民为天。天不答应、不满意的事，你做得再卖力也是白费劲，且早晚会有覆舟的那一天。

我们强调作家的良心、正义感、道德观的意义就在于此。现实中，我认为“合时宜”和“不合时宜”两者是可以协调、统一的，因为今天的中国是共产党执政，共产党之所以能够成为执政者，这本身代表的就是广大人民群众的利益，从根本上讲，党和政府的事、党和政府的态度，就是人民的事、人民的态度，因此那些一时的“不合时宜”，只要我们妥善地、技巧性地处理好了，就会变得“合时宜”了。

在最近写天津大爆炸事件中，我有这样的体会：本来这次创作是“领导”交派的特殊任务，是希望写消防队员英雄形象的，但天津大爆炸实在太悲惨了，是个大事故、大悲剧，我在接受这一任务时，内心就有强烈的意识：不能简单地去写“好人好事”，必须去关注事件本身的，尤其是对生命和生命本身的“现场”那些真切的认识与体味，这可能才是根本的。至于事故“责任”到底是谁的，还是有什么特别的“腐败内幕”等，我认为相比于那些年轻的生命的丧失和丧失时的情景，它又算得了什么！写好了生命的壮丽，就是对那些不尊重生命的罪人最好的鞭挞。我是怀着这样一种心态和方向去进行采访和创作的，结果《爆炸现场》完成后，在经审查时一次通过。事后我才知道，那些审稿的人在看我的作品时，完全被我叙述的高贵生命和为了拯救生命壮丽而为的那些消防队员们的事迹感动了、感染了，故作品中间的那些“不合时宜”的内容，竟然被他们完全认可和包容了。我想特别说明的一点是：强烈的艺术感染力，是可以改变某些“不合时宜”的。这个例子再次告诉我们：不背着良心说话就能够获得最终的支持和拥护，正义终是在争取中获得的。

另外，我要说到政治形态与文学的互相依存。文学从来是与政治形态联结在一起的。中国旧时代如此，今天的西方世界也是如此。否则诺贝尔文学奖不会在百年来才给了中国人一次，否则也不会有奥斯卡奖与中国的无缘。

《纽约时报》有一个影响也很大的奖叫“普利策奖”，它应该是最讲政治的，这个政治就是它的“价值观”。社会主义核心价值内容的东西基本上是不会进入它的评奖范围的，因此像我写的作品，也是不容易被他们看好的。中国报告文学作家不用伤心和懊恼，想明白了这一点，也就心境清爽了。现在有些可怕的是，有的中国作家为了去争取获国际大奖的可能，在尽量地改变自己的写作风格与水准，尤其是在悄然改变自己的价值观，而去迎合西方的价值观，刻意地进入了丑化中国人和中国形象的创作，这是非常危险的。

中国社会里的作家，离开政治进入“纯自然”写作的好像不多，也没有太大的成功可能，因为中国社会本身就充满了政治性，人的生活、社会的形态，无不具有浓重的政治性和中国特色，你如何回避它？不太可能彻底地回避和规避。当然也不是没有一点办法，适度地选择角度、选择“内心”，政治是可以淡化甚至“消失”的。

但我们应当清楚的是：强化和注重作品的政治性，或在政治的大前提下完成一部好的优秀作品的那种实验与实践，在中国的报告文学创作中就是一个主体现象与主要特征。为什么不呢？现在全世界都在听中国故事，你作为中国人，好好地讲中国故事——不尽是从官方口里出来的，还有更多的是老百姓中间的故事，它们都非常精彩、非常生动。讲这样的故事没有错，全世界都想听。“政治”在这个时候，变得并不重要，重要的是你到底有没有把最精彩的中国故事以最美的方式讲出来。此时的“政治”完全可能成为你创作的动力和推力，任

何艺术在任何社会都具有适应那个时代的“政治性”，我们用不着患“政治恐惧症”。报告文学的“政治”鲜明性是它文体本身的特征之一，刻意剥离它是一种错误。

3. 成见与困境

苏宁：现实主义指向现实写作道路中的困境。当下的文学是粉饰现实，还是对现实不能闭上眼睛？

何建明：我认为文学对现实具有双重的“实用性”，即“粉饰性”和“揭露性”。前者现在被用得太多太滥，所以有人对报告文学也有许多微词。其实“粉饰”本身并不是什么大问题。司马迁写《史记》时，在其中的很多篇章就采取了“誉美”的手法，即明显地并不根据历史的真实情况塑造出某些“英雄”与“丑角”，项羽和刘邦就是司马迁笔下两个完全被“粉饰”过的“英雄”与“小丑”。历史上的项羽和刘邦既没有司马迁笔下的那么完美，也没有那么丑恶。但司马迁“粉饰”了他们，“粉饰”得太有创造性和艺术感，因此千百年来大家都接受了。这就是“粉饰”的伟大艺术性。所以简单说报告文学“粉饰”事物就是不对，本身也并不具有很强的说服力。现在的问题是，许多作品看似在“歌颂”现实，结果是不伦不类的“歌颂”，唱功太差，全跑调了，或者根本就不会唱，无怪乎人们反感和骂它呢！所以从这个意义上讲，那些会写歌颂作品的报告文学作家更值得我们尊敬，因为优秀的“中国故事”是靠他们唱出来的，他们的贡献与科学家和推动历史的人一样值得人们尊敬。我因此也一直有这样一句话：“歌颂”作品远比“批判”作品难写，它要求的水平和水准是超越时代的，必须站在不一般的高度才能歌颂得好，否则就比说坏话还要恶心人。道理就在于此。

在报告文学创作中最令人厌恶的是对现实“闭着眼睛”。明明是美好的、阳光的，他也不承认，更不去说好话，反而是去刻意贬低歪曲；

或者明明是丑恶的、阴暗的，他却去大吹特吹是美的、好的。还是一句话：报告文学作者的良心和正义感是他成功与否的制胜“黄金甲”。

4. 不必在意一个作品在文体中的归属感

苏宁：我以为2016年，在两届青年报告文学论坛之后，在到场前辈于报告文学这一体裁形成很多共同看法、观点之后，到了换个角度来谈论和谈及报告文学的时间了——就当它是对一些事件的报告又如何？

文学是历史环境和自然环境的衍生品，我们经过无数的现场与事件。如果今天的文学要分类，体裁之说已经陈旧，不如只以书斋之门为隔，一种是关上门就可以写出来的；另一种为必须在门外才能完成的。不必太在意一个作品在某一文体的归属感，这本来就只是一种概念。作品的价值才更珍贵，最终给人类社会的发展以精神启示才更珍贵。一开始，陶渊明的作品也无人视其为文学作品，而当人们认识到其伟大之处时，已经是宋代了。

何建明：你的观点非常有意思，首先我要肯定，再进行深入的分析后我觉得也颇有道理。因为人类是在进入文明社会之后，才有了文学艺术一类的东西。最初的人类艺术不过是田头的哼哼唱唱、手舞足蹈罢了，到了几千年后的今天，我们才把它分得那么细，说这叫小说，那叫诗歌；这个叫虚构，那个是非虚构。其实我们发现，每一种艺术样式，在最初的时候其实很简单，一直慢慢发展后才形成了它今天的样式，那个形成的过程就体现了这一文艺形式的特征与特性。人在没有文字的时候，谁也没有去思考或规范哪种文艺形式。到了动手能写文字和产生机械化的印刷技术及舞台等工具后，人们才渐渐对各种文艺进行了规范、规定。可是，到了今天，网络和新媒体出来后，原先的一些文艺形式的规定也在变化、变异，出现了“不伦不类”的新形态，如“网络文学”“动漫”……明天肯定还有其他新东西。所有这一切，都是在“文

艺”的成长长河里发生的某一历史阶段。明后天的文艺将是什么样的，我们不得而知。从这个意义上讲，现在的文学形态或文学种类，一定是“暂时”的、不完美的，一定还会发生巨变。

说到报告文学，更是如此。它无论从“洋”创始者基希先生算起，还是从中国的“老祖宗”司马迁算起，也就是一百多年或一两千年的历史，这在人类文明史的长河中很短暂。尤其是我们学科意义上的“报告文学”，它也才从新闻中脱胎出来一百多年，它到底最终是什么样，我们都不清楚。所以说，它依然且必定存在着“变异”的巨大可能与空间。在我看来，正是报告文学的这一巨大“变异”可能与空间的存在，使得我们这一钟爱的文体更具它的特殊魅力。我们不用刻意地规定它应该是什么样，不应该是什么样，只要坚持“真实”前提下的优美、精彩、生动的叙述，就是“最好”“最完美”的报告文学。

5. 中国社会四十年观察报告

苏宁：我在您的作品创作年表上，看到您在报告文学写作中已走过四十余年，有四十余部作品。这四十年，于一个人是努力和坚持，于社会有记录与寻踪之意。可以说，这四十余部作品合起来就是一份四十年的社会观察报告，而且对时代命运的探索抵达了物质和精神两个层面。这些作品放在一起所形成的意义，作品背后的可延伸性，会被后来的人关注。如果说能推动社会关注也是进步，那么对社会现象的发展用文字记录也是关注。一个人的作品流传到后世，会被放在时政背景中，放在古今中外的大环境中讨论。

何建明：最近在广州讲课，有位大学生很认真地跟我讲：何老师，你写了那么多报告文学作品，几乎与改革开放时代并行而走，而且记录的内容都是些大事件、百姓生态，这些文字太宝贵了，假如把你的作品连起来，就是一部“中国报告文学史诗”，属于 20 世纪末至 21 世纪初的中国时代史诗。这位学生还说，你写的作品中还有好几部“灾难性”的，如果把它们连起来就可以组成一部中国20世纪末至21世纪初的近半个世纪的“中国灾难史”。他的思考角度令我自己也有些吃惊。对呀，尽管现在电视、电影和报纸那么发达，然而那些形式都无法同报告文学那带有温度与情感的文字相比。电视、电影甚至录像，看起来很真切，可怎能记录得了一个人表情之下的内心世界？而报纸新闻的记载更是些冰冷的文字，更不可能有温度和情感的东西。报告文学因它的文体独特性，可以借助文字的艺术力量，让后人可以通过它感受当时的“现场感”。这种“史实”与“诗意”的结合，让它在千百年后仍然闪耀着强烈的亲切感与亲近感。这是我们从事报告文学创作的人由衷地感到崇高与特别幸福的一点。

到目前为止，我完成了五十余部以长篇为主的报告文学作品，时间跨度有四十余年，估计正常情况下，我还能再写十年左右，那么正好我的写作时间是半个世纪。半个世纪以来我基本上都在记录我们中国的事情，文字总量应达一千万字左右。从所记录的人和事来看，可以这么说，比任何一部小说更具有“史实”意义，它是真实的生活画面景象及人物命运的写照。从这个层面来看待我的作品，当然是一个值得自豪的文学现象，因为一般的作家写一部成功之作，比如陈忠实写一部长篇小说《白鹿原》，他写的是一个社会截面，是一个家族的命运。而我几十部作品叠加起来就是一个社会、一个时代的命运。两者各有不同的价值和意义。报告文学更多的是在服从和主动地参与记录现实，更直接地在为推动社会发挥作用。我和许多人这辈子可能就是一个汗流浃背的纤夫，而小说家则是一个时代的画师。我们以不同形式在为自己生活着的社会与时代写照，尽管作用和意义各不相同，但同样具有伟大而非凡的价值。

6. 文学理论的出现滞后于作品

苏宁：近些年，有新写实主义一说。社会发展到一定层面时，会发生人性的自治——我们没想能否产生一种包容的具有“笼罩四野文学”力量的理论，代表一个时代的水平，对谈论对象有合适而具体的理论框架，有宏观的思辨。实际文学理论的出现总是滞后于文学作品的，因为文学史中没有任何作品是按既定的理论框架产生的。材料、思考、方法都在作品之后衍生，附着于作品。

用文学作品印证的世界想要使之可信，总是依赖于作者自己的心得和修炼：写什么，如何进入题材，察事格物的角度。

何建明：我觉得，任何一个文学家，以什么样的形式写出自己笔下的人与事，那绝对不是他的根本目的。最根本的东西一定是他内心所想表达的那种思想和那份情感。

文学家的可贵之处，就在于会以人物和事件来阐述作者内心对社会的认识和引领的意图，通过某种故事与情节达到最真切的抒发。作者选择写什么、怎么写的过程，其实已经包含了他的思想与主张。有的时候读者和批评家可以看得出，有的时候不一定能一下子看出来。而能够引起所有人的共鸣，则是作者最想获得的效果。优秀作品和经典作品，之所以能被广为传颂，道理也就在于此。

一些经典作品除了大家都能诵读外，每个人又都能从中获取不同的感受与体会，说明作者通过人物与事件阐述的故事与情感，包含着无限的丰富性、多面性，以及无限宽广的外延及精细的内涵。

为什么人们称作家是灵魂工程师，道理也在于此。

结束语

这次谈话，使我想到中国的手工技艺。中国传统匠人没有太多理论概念，只是踏踏实实地把手艺做好，做自己的东西。至于思想流派如何转折起浮，如何上达国家下至苍生，可视为身后的事。再过很多年，报告文学的意义将更加显现：这些发生的历史文字中，必有时代精神伤痛和深思。不刻意于技法，一种寻找时代真实灵魂的写作，必成为时代抹不去的经典。

文学是时代潮流之末的存在，但令人欣慰的是，人性的宽容与挑剔是与自然共存的，不会在其基因发展和变异中消失。

而美，是丰富的也是单一的，有遗憾也许只是因尝试和实践的过程被人所觑见。以此句做本文之结。

后　记

作为一名20世纪70年代生人，我们是特别的一代。共和国建国20年后，十年“文革”之时我们的父辈们正青春。从祖父到我只是三代，我祖父若活着，不过一百一十多岁。祖父再上一代的人，我虽然依稀在幼稚时见过一二，但他们的生活和生存事迹已只是于家族中口口相传。在四十年前，我们的父母一代，他们之间的两地交流，多还只能依赖纸上的倾诉和邮政传递。在二三十年前，家里有一部电话就算奢侈。而现在是几乎每个人都有手机的时代，数字信息技术给我们的生活带来很大改变。时间只一百年，可我们的社会生活发生了很多改变，这些都是我们能够真实触摸到的，能在记忆中完整保留的。

人类的历史有多久，中国文学的历史有多久？《诗经》离我们也就2500年。唐诗、宋词、元曲、明清小说，离我们都不太久。从《左传》《史记》到《红楼梦》和《人间词话》，也不是特别长的时间。我们民族发展中的重大事件，人在这些重要事件中的经历，过去年代的日常生活，天气、自然、民风礼俗，后一代的人如何获知？除正史的记载之外，文学也是了解这些的方式。超过一百年的事件，超出三代人，我们以一个人记忆的触须再去触摸，就已完全摸不到亲切的温度和气味了。这是每个人可以体会得到的。

写作是一件需以庄严和虔敬之心相待的事：文字是会说话的、有感情的、能承物载事的一种存在，它将替每个写它的人活着，也替所有被写的事物活着。写它的人，要有颜去面对来看它的人，我们永远不要低估一个时代和普通读者的阅读品味。

文学的社会价值远远高于我们个人的理解。一个时代中的社会、经济、日常生活是一个时代中人共同的经历。现在是商业化时代，消费主义精神越来越占据人们的心灵，真正的写作者却需自守，有独立的、不随潮流而动的精神，不取悦和献媚于时代。这个时代，除了消费、欲望、娱乐、颓靡，还有前一辈人延续下的高尚精神根脉和正在形成的精神力量，这些才是推动民族进步和让热腾腾的、真正的生活不死的东西。我们是有古礼和家训传统的民族，有一些精神和正确的力量需要我们一代代守下去、传下去。

当我们打开电脑页面或者铺开纸张，我们所写的文字一定要发自内心。文学是真正能传承和再现一个国家民族存在状况的，所以我们敬畏它。往上数三代，我们的祖父辈接受的是另一种早期教育：读四书五经，用毛笔写字，他们绝想象不到用电脑写字为何物。祖父那一代的很多人，一生基本生活于乡间，八九十岁还能在过年时自己用毛笔写对联，并恪守过各节气之礼。关于那一代的人，我最深的印象是字都写得很好看，把自己的文字写好看，是那一代人的基本教育。到我这儿，没有受过这样的早期写字教育。我祖父去世后就埋在他的出生之地，有一年我回去祭他，那是一个已经被城市扩展为其一部分的曾经的村庄。站在那儿，一街人再没有谁记得他的姓名。那是他流了汗水的地方，植物的根芽里有他的气息。等他死了，他的血肉化进泥土，这泥土，就是他的血肉。只是三代，人们已记不得前辈的人。我祖父亲自写的那些对联、住过的房子，当时我没能想到用相机拍下来留念，那些土地里亲人血肉的味道也早在时间流逝中散掉。过去了的，都不会再回来，但文字会让它们再多活一会儿，这构成我所理解的写作的初始意义。

在现在的电子声像时代，用文字繁复地记录一座房子是什么样，一张旧桌子是什么样，房檐上雕刻的花纹是什么样，树木的年轮是什么样，是把它们保存下来的一种方式。纸笔之后是有耐心的观察者，与机器相比也许不那么准确无误，但有良知和温度。这是文字存在的根。

人多有向往热闹之心，年轻人更容易向往、信任人际间的美好，人性的温暖明亮，可是当年纪渐长，你会发现在人群里的热闹，比独自行走更令人惧怕。渐渐的，还是觉得书桌亲切。一本可以抱在怀里的书，呈现出的时代生活和趣味，想翻到哪页就翻到哪页的亲切，不是电子屏幕阅读可以比较的。而且可以把它放在床边，放在任何一个令人喜欢的地方，与一个个文字在纸上四目相对时的默契，有更令人安静的美好。文学习惯亦是生活习惯，就像我们习惯的饮食、衣服、语言。一个民族的文学实践，只是民族生活习惯之一，我相信它是可以练成和培养的。所以，在这本书中，关于四十年报告文学的探讨是没有完成的。更客观、公允的评说应期于未来。钱穆先生在《论语新解》开篇的序中说：时代变，人之观念言语亦多随而变。很多情境均如是。

这些文字，只是一次关于中国报告文学四十年的思考和表达。物质时代崇尚信息的快速传播，在有了迅速的同时，也自觉地放弃了让其间的“人”慢慢感知、体悟的耐心。很多大的社会事件，个体的心灵历程、波折，以为惊动一时的文艺现象，也都因而变得短暂。这个时代赐予其中的人快速平复心灵褶皱和处理一切事件的巨大能力。

在这样的心理背景中，用这样长的篇幅谈报告文学，不知能否得到知音。

我一直承认，如同这世间所有的事物都有缺陷一样，文学也远没

有抵达完美之境，不会如所有众生之意。太阳为万物所依赖，有时却又被嫌弃太晒，光芒太耀眼。当它被云翳遮蔽，又有人向往有它的晴空。雨水疼爱大地，带来万物生长，可植物之中有盼雨者也有不盼雨者。这世界上、自然中，所有的法则都是相对的。不可没有太阳，也不可没有夜晚的星月。太阳无可取代，星月亦无可取代。

书写中国的当代文学史，是以分封于各体裁名下的世俗奖项的作品名单来罗列；还是以发表于某等级刊物、选本、选刊下的作品选集或选段来呈现；抑或是静待新媒体下的民间流传或口碑相传之作，由下一代人凭口口相传追溯回来?

我阅读的习惯是喜欢自己看原文，有时也偶尔看赏评、注释。每当我看到欢愉处，会叹息那些平凡的文字看似平易，却引导和明示了我心灵看不到的生命或事物本质。

书本于心灵也是一份餐食，虽然一箸下去，并不会立即尝出其中动用了何种食材、是何工艺、有何营养，但对于样式、气息、口感是否新奇、亲切或可口，总可一尝而知。那些评析的人会帮你解析出做工技艺，分析出营养谱系，用他们的专业才识，用显微镜、放大镜、生化试剂、量杯……用很多制造出的概念或理论，来帮我们搞明白吞食入腹的食物到底是什么。

当有空闲可以自由地选书读时，我总是会不自觉地回到一些古代经典前。很多现当代作品中总难看到让我喜欢的，一是有些作品中的“人”实在是让我看了觉得乏味的人，缺乏格调与修为；二是很多作品中难见作者格局，文字又粗糙，其中人事不论是朴素还是风流，是简单或故意写得复杂，皆是枯燥、腐蚀，没有精神趣味，看了觉得与日常生活有“隔”；三是要说这诞生下它的人，未给人物穿件干净、清新的衣裳再出来见客，一本书不通透、不庄严、不静雅、不好看又浅陋，如何使人待见。一些人选书看亦如选知己，是不将就的。这其中有我个人的偏见成分，也有我对于当下部分文学作品的失望，从这一点看，我并不理性，亦乏包容。去年我在访学期间接下这个课题，是慎重的，也是因缘际会。之前，我在提出选一些当代作家、作品阅读时，我的导师和几位朋友都先后向我推荐过报告文学作品。

这四十年是共和国重要的四十年，于文学也是重要的四十年。我期待从这些作品中看到“文学”见证下的时代和历史。我出生于20世纪70年代，觉得所有这些事件都离我并不遥远，阅读和了解起来不会太有隔膜。

每一部作品完成之时，也是不断显示出它的不完美之始。丁帆先生在《中国乡土小说史》（1992年，江苏文艺出版社）后记中说：“谨以此书献给那些热爱我的和不热爱我的先生和朋友们。”人在做一件事时，总会面对“不虞之誉”与“求全之毁”。

在时间的长河里，也许我们中没有谁能自始至终地用一颗自在、公允、平和、感性、理性并重的心去体会创作者的心意。我将以此书一试。在接下这个写作任务后，这一年我在访学期间的导师张光芒先生的指导下看了很多材料，反复向老师求教，也和老师进行过很多讨论交流。在这里我要特别感谢老师那么多具体的指导，一次又一次的鼓励。我希望在这本书里，实践老师对我的教诲，把每一句话尽量说得准确，经得起推敲，负起为文责任。

感谢去年十二月我们的读书会上，学弟学妹给我的那些建议；感谢南大图书馆安静的阅读和写作空间；感谢所有从头至尾给予我鼓励和信任的人，感激深深在我心。我深知我的每一点进步——如果我有一点进步或可被认可处，都是因为你们始终站在我身边。这一本小书，只是一份浅薄的读书报告，是我的一些思考，呈给关心我这一年的去向和时间是如何被使用的朋友。

2016 年 6 月于南大仙林